Michel André

Lettres mortes

récit

2015

1

« L'on ne se baigne jamais
deux fois dans le même fleuve »
Héraclite

Cher Christophe,
Je ne t'ai pas écrit plus tôt pensant te retrouver cet été
même, au bord de l'Yonne, et pouvoir m'entretenir de
vive voix avec toi. C'eût été plus sympa...

...et surtout plus pratique. Si je n'ai pas écrit plus tôt à
Christophe, c'est pour la simple raison qu'il est plus
efficace de s'entretenir avec quelqu'un de vive voix que
par lettre. La parole en dit plus en moins de temps, et surtout beaucoup plus facilement que l'écrit, gestes et
intonations complétant les faiblesses narratives, corri-
geant les insuffisances dialectiques et masquant si nécessaire les imperfections syntaxiques…

*

Mon cher Christophe,
Si je ne t'ai pas écrit plus tôt, c'est pour la même bonne
raison qui sans doute justifie ton abstention épistolaire à
mon adresse, à savoir qu'il n'est pas facile pour deux
vieux copains d'entamer une correspondance en bonne et
due forme quand il n'y a jamais eu entre eux, au fil des
ans, au fil de l'Yonne et des étés, que des échanges ver-
baux de vive voix...

-Alors Christophe, comment ça va ?

-Très bien, et toi ?

-Pas mal, pas mal, à ceci près que le lycée m'impose à nouveau un petit examen pour passer dans la classe supérieure ; rien de trop astreignant toutefois. Et de ton côté, le collège…?

-Aucun problème à part l'allemand. Comme toi, des révisions pour la rentrée. L'on y pensera vers la mi-août.

-Et tu as vu le temps ?

-Tout à fait magnifique.

-Et ta tante ?

-En pleine forme. Entre un instant lui dire bonjour.

-Pas maintenant. Je vais d'abord faire quelques courses en ville. Je passe te prendre vers quatorze heures, comme d'habitude ?   Canne à pêche, vers de terre, maillot de bain…?

-Comme d'habitude !

Merveille des bonnes habitudes, reconduites automatiquement d'un été sur l'autre... En ce premier jour de juillet, rien ne s'oppose à ce que nous passions, une fois de plus, tous nos après-midi ensemble au bord de l'Yonne, Christophe et moi : à pêcher, canoter, nager, *deviser*. Si des *révisions* scolaires s'imposent à nous, elles seront reléguées en fin de soirée et repoussées vers la fin août. Programme immuable et apprécié de nous depuis pas mal d'années déjà. Cependant avec l'âge... À mesure qu'on s'approche de l'âge-charnière adolescent-adulte et qu'à l'horizon de nos vies se profilent - prometteuses ou menaçantes - certaines échéances majeures, non seulement scolaires et universitaires, mais également sentimentales, militaires, et bientôt même professionnelles…

*

Mon cher Christophe,
"Qu'est-ce que le Temps ?" est l'improbable question que l'Académie de Paris vient de soumettre à notre sagacité (perplexité ?) de candidat bachelier dans le cadre de l'épreuve de Philo...

-Qu'est-ce que le Temps ?
Expliquer, développer et commenter cette définition qu'en donne Aristote : « Le Temps est le nombre, ou plutôt le nombré, du mouvement par rapport à l'antérieur et au postérieur...».

*

Cher Christophe,
Sans doute as-tu eu connaissance par les journaux de l'improbable et controversé sujet de dissertation n°3 que l'Académie de Paris a soumis cette année à notre sagacité de candidats au bac, section Philosophie : "Qu'est-ce que le temps ?". Pareil sujet, tu t'en doutes, n'a pas eu les faveurs du plus grand nombre. Tu vois d'ici la grimace de réprobation et de répugnance qu'il a pu susciter chez la gent bachotière, élèves et profs confondus, et le repli massif des candidats sur les deux autres sujets (bateaux) proposés. Tu imagines quel a été mon choix ; et j'imagine sans peine quel eût été le tien... « Qu'est-ce que tu penses au fond du temps ? » m'as-tu demandé un jour, tout à trac, alors que nous pêchions côte à côte dans les eaux de l'Yonne...

5

Qu'est-ce que je pense au fond du temps ? Enfin une vraie question, concrète et personnelle, car touchant à ma vie de tous les jours, une question vitale, essentielle, en prise directe sur mon vécu de chaque instant ! autre chose, enfin, que ces sempiternelles broderies scolaires autour des faux problèmes liés à la connaissance ou à l'éthique sociale - toutes ces questions de cours qui, justement, pour se poser présupposent le cours occulté du temps... C'est à peine si j'en crus mes yeux sur le moment, et s'ils ont daigné effleurer les deux autres sujets ; mon sang ne fait qu'un tour, mon cœur se met à battre plus vite et fort, des sueurs tour à tour froides et brûlantes me viennent sur tout le corps, et ma plume se met à trembler d'impatience ! Je me pince même pour m'assurer que je ne rêve pas... Question cruciale, sujet en or. Traité comme il se doit, c'est-à-dire du fond de mon être, il devrait me valoir un 16,5 ou 17 sur 20, grâce à quoi (et compte tenu du fort coefficient de l'épreuve de philo dans notre section) je suis reçu d'avance et vais donc pouvoir renouer avec de vraies vacances d'été au bord de l'Yonne, là où précisément la réalité du temps qui coule se perçoit comme nulle part ailleurs - et où Christophe m'a posé jadis cette même question... Seul bémol à mon euphorie : ne pas disposer en cet instant d'une dizaine d'heures - au lieu de quatre - et d'autant de doubles feuillets pour faire honneur à un tel questionnement, rassembler, consigner, ordonner par écrit tout ce qui se pressait d'idées personnelles et profondes dans ma tête au *sujet* du temps... Puis, cyclothymie oblige, l'ivresse excessive a bientôt fait place en moi à une sorte de dégrisement démobilisateur. J'ai posé sur le texte entier un œil plus sobre, plus raisonnable... À la relecture du sujet, mon enthousiasme s'est refroidi, mon émotion est retombée. Je me suis enfin avisé que c'était peut-être là, sous une étiquette alléchante, un de ces faux bons sujets (à piège) dont il est notoire qu'il faut se méfier. Et de fait, autant la question posée d'entrée à propos du temps remuait mon être, excitait ma pensée et m'inspirait des réflexions fortes et originales, autant la réponse que lui apportait Aristote - et qu'on nous demandait essentiellement d'expliquer et commenter ici - m'apparut tout à coup absconse, étrange et même dénuée de sens. *"Le nombré du mouvement"*, qu'est-ce qu'Aristote (ou plus exactement son traducteur) entend par là ? (Faute de connaître le Grec ancien, le recours au texte original ne m'eût été de toutes façons d'aucun secours)... Je compris un peu tard qu'on attendait de moi ici, non que j'expose en long et en large mes idées personnelles sur le temps, mais que je passe en revue et mette en valeur (et en ordre) les quelques connaissances que j'étais censé avoir acquises au fil des mois sur Aristote et son *Lycée*. Or, celles-ci étaient nulles, parfaitement nulles ! Mon esprit frondeur ne s'est intéressé en cours d'année - de façon clandestine -, qu'aux penseurs atypiques, marginaux, hors programme, que sont de nos jours, dans des registres assez divers, les présocratiques, Lao-Tseu, Schopenhauer, Kierkegaard, Nietzsche, Heidegger et Sartre..., tant pis pour moi ! Qu'est-ce que le temps ? Quand j'ai daigné lever les yeux sur les deux autres sujets, le temps en question (et plus précisément celui qui m'était imparti) avait fondu d'un bon quart : 1) *"Jusqu'à quel point connaître implique-t-il de douter ?"* 2) *"Est-on d'autant plus libre qu'on est indifférent à l'opinion d'autrui ?"*. J'ai pris une bonne respiration et me suis lancé tête baissée dans le 2... Hélas, lors d'une épreuve contre la montre aussi serrée que celle de la dissertation philosophique du bac, une heure initialement perdue en sur-place intellectuel ne se rattrape pas facilement, disons même jamais. Faute d'un brouillon élaboré, j'ai dû bâcler ma conclusion. D'autre part, relisant ma copie pour l'orthographe, je ne peux m'empêcher de la raturer ici et là pour le style et le vocabulaire, un vrai torchon ! J'écope ainsi d'un 9,5/20 qu'on peut considérer comme tout à fait passable (et généreux), mais qui, compte tenu de mes insuffisances chroniques en Sciences-Nat et Physique-Chimie (autres matières écrites de cet examen), m'empêche de décrocher l'écrit en juin, tout en m'autorisant - dois-je m'en réjouir ? - à me représenter à la session d'octobre. Autant dire que les grandes vacances d'été sont à nouveau fichues pour moi cette année. Il est donc peu probable que j'aille à Joigny cet été rejoindre Christophe, sinon pour une courte visite vers la fin août, si lui-même de son côté…

*

Dear old man,

Si je ne t'ai pas écrit plus tôt, c'est probablement pour la même raison que tu dois invoquer de ton côté depuis pas mal de temps déjà afin de justifier ta propre négligence épistolaire à mon endroit. L'on ne cesse de penser qu'on va se retrouver en chair et en os un été ou l'autre, et pouvoir s'entretenir de vive voix en toute simplicité et liberté, ce qui, du point de vue rendement informatif, est incontestablement plus avantageux, et moins aléatoire, que la voie écrite. La rentabilité du temps est l'obsession ma-

jeure de notre époque... Et de fait, une toute petite heure d'échange oral permet souvent de faire passer bien plus d'informations que des dizaines voire centaines de pages laborieuses. Les paroles ont vite fait bien fait de rattraper le temps perdu, d'effacer, d'apurer d'un seul coup les retards et remords d'amitié. Quand on songe à ce qu'il a fallu de temps, de pages, de ratures et de rajouts au petit Marcel - il en est mort prématurément - pour évoquer par écrit ce qui aurait pu l'être tout aussi bien (?) en une soirée de bavardage ad libitum *au coin du feu, en compagnie d'Oriane et Swann...*

Et si l'occasion d'un tel échange entre Christophe et moi ne s'est pas présentée ces derniers temps, c'est que le Temps, contrariant par nature, n'a pas voulu s'y prêter, ni en quantité ni en qualité. L'heureuse rencontre tant attendue attire le contretemps comme le paratonnerre la foudre ! Le temps ne se prête pas spontanément, c'est contraire à sa nature. Quand de lui-même il se montre favorable, c'est par inadvertance ; le plus souvent, il faut le prendre de force. Et alors que de restrictions de sa part ! (J'ai dû faire, cet été, un séjour linguistique Outre-Manche pour rehausser un peu mon nivcau d'anglais en vue des prochaines échéances bachelières)...

*

-Bonjour, Tante ! Christophe n'est pas là ?

-Comment, tu n'es pas au courant ? Christophe ne t'a donc pas écrit ? Il est au *Service* depuis deux mois ! Entre un instant que je t'explique... Comme ses études ne marchaient pas très bien, Christophe a décidé de devancer l'*appel* (l'appel sous les drapeaux). C'est ce qu'il avait de mieux à faire, et "ce sera toujours ça de fait" a dit son père. Il doit venir ici en permission pour quelques jours à la fin de septembre ; seras-tu encore là... ? Et tes études à toi vont bien ? Et ton Service, c'est aussi pour bientôt ? Écris donc à Christophe, cela lui fera plaisir. J'ai son adresse au régiment. Que je trouve mes lunettes...

*

Joigny (Yonne), le barrage d'Épizy - cliché Yvon.
Place réservée à la correspondance :
Mais quelle idée t'a pris, Christophe, de devancer l'appel ? Tu vois qu'en fin de compte, malgré les échéances scolaires de la rentrée (le bac à repasser), je suis fidèle au poste : canne à pêche à la main, je monte la garde en solitaire au bord de l'Yonne, cinq ou six heures par jour, face aux goujons, perches et gardons, de plus en plus nombreux depuis ta défection, et voraces comme jamais. Comme quoi, dans cette histoire, le plus déserteur des deux n'est pas celui qu'on pense ! J'ai rencontré Mireille en ville l'autre matin. Elle va t'envoyer un colis : livres ou friandises ? J'ai vu aussi le fils Trétard : il s'apprête également à partir au service militaire - une véritable épidémie ! Je voulais également te dire, mais la place me manque...
(Recommencer dans un format plus grand).

*

Cher Christophe,
Je t'écris de sous le pommier du jardin. Je reviens de la

pêche et regrette que tu ne sois pas là pour vérifier par toi-même l'indication de la balance : une tanche d'au moins trois livres et demie (1 750 g) ! un record personnel depuis que je pratique l'art halieutique. Sans doute même cela dépasse-t-il de quelques dizaines de grammes ce brochet que tu dis avoir pris l'autre été peu de temps avant mon arrivée, il y a de cela déjà...? Drôle d'impression quand même que de hanter en solitaire ces lieux de pêche et de baignade si longtemps fréquentés ensemble, toi et moi : l'île, le grand saule, l'abreuvoir, la vanne, le canal... Sache cependant qu'en ton absence, les dits lieux ne sont nullement enclins aux travestissements poétiques que leur prête une certaine littérature....

De fait, les bords de l'Yonne ne sont guère affectés par l'absence de Christophe, ni même par ma présence résiduelle : aucune tristesse particulière dans le clapotis de l'eau, aucun accablement notable dans le ploiement des joncs et des roseaux, nulle indicible langueur dans l'ondoiement des herbes sous le vent... Après tant d'étés de vacances partagées, ce que je découvre au cours de mes après-midi de solitude au bord du fleuve, au milieu de toute cette végétation aussi prolifique qu'insouciante, me fait plutôt un *drôle* d'effet : à quel point ce que nous tenons pour si familier depuis si longtemps dans notre cadre de vie de tous les jours reste au fond étranger, indifférent à notre existence même, particulière ou collective…

*

Mon vieux Christophe,

Je peux te certifier qu'en ton absence l'Yonne continue de couler normalement. De même, joncs et roseaux poursuivent leur cycle végétal comme si de rien n'était ; et a fortiori ces saules et peupliers, dont l'implantation sur les berges du fleuve est notoirement antérieure à ta première apparition ici dans les années quarante - pour ne pas parler de la mienne, trois ans plus tard. C'est en réalité tout le cadre naturel et soi-disant familier de nos communes vacances d'été qui, à la faveur (?) de ton absence se révèle à moi sous un jour différent, on peut même dire étrange...

...son vrai jour ? Non pas à proprement parler étrange mais étranger, indifférent à toute présence humaine, singulière ou multiple, la mienne aussi bien que celle de Christophe. Toutes ces choses aquatiques que, depuis tant d'années, nous embrassons d'un regard reconnaissant et affectueux, lui et moi, et à qui, par esprit de réciprocité, nous prêtons une certaine bienveillance à notre endroit se fichent au fond pas mal que nous soyons ou non des leurs, se réjouissant aussi peu de nos visites qu'elles ne s'affligent de nos départs. La joie que nous avons de les retrouver et la tristesse que nous éprouvons à les abandonner ne sont pas partagées le moins du monde par les intéressées, ne leur font à proprement parler ni chaud ni froid, ne sont que des émanations sans importance de nos psychismes : des effluves illusoires à la surface du fleuve, pas même aussi réelles que les brumes qui s'y forment certains soirs d'automne. Des idées que nous nous faisons... Des choses au fond trop difficiles à formuler pour que j'en fasse part à Christophe...

*

Cher Christophe,

As-tu lu "La Nausée" de l'existentialiste Jean-Paul Sartre…? C'est un roman qui fait beaucoup de bruit dans les grandes classes de nos lycées depuis la fin de la guerre. J'ai suggéré à Mireille de l'inclure au colis qu'elle m'a dit vouloir t'envoyer sous peu à la caserne, au milieu de quelques chaussettes et friandises. Je ne te promets rien, car "souvent femme varie". C'est en gros l'histoire d'un type nommé Roquentin…

…L'histoire d'un nommé Roquentin, qui à la faveur (?) d'une certaine solitude découvre que les réalités autour de lui (naturelles et manufacturées) existent par elles-mêmes, indépendamment de la perception qu'il en a et du sens qu'il leur donne (des essences qu'il leur attribue)… Il en éprouve une sorte de malaise épisodique s'apparentant (selon l'auteur) à de la nausée, d'où le titre. Mais rien de physiologique là-dedans… "L'existence précède l'essence" est la philosophie originale (?) qui sous-tend le roman… À la nausée près, c'était donc un peu ce que, solitaire malgré moi, j'éprouve à Joigny ces temps-ci. À ceci près aussi que Roquentin évolue, non pas à la campagne comme moi, mais dans une ville, Le Havre… Ma solitude en ces vacances d'été au bord de l'Yonne est en tout cas l'occasion pour moi de découvrir que tous ces *coins*, que nous pensons connaître par cœur Christophe et moi, ces touffes de joncs et de roseaux, ces saules individualisés ou en bouquets, ces rideaux de peupliers, ces éléments du décor aquatique aux contours tellement (mais illusoirement ?) familiers, après tant d'années passées en leur compagnie, restent en réalité totalement étrangers à nos personnes, ainsi qu'à tout riverain présent, passé ou à venir, coutumier ou occasionnel. Et ce constat provoque en moi, non une nausée, mais une sorte de flottement existentiel, inconfortable, un malaise diffus, difficile à analyser verbalement (et plus encore à décrire) probablement de même nature et origine que celui éprouvé par Roquentin dans les rues, cafés, bâtiments et jardins publics où il erre... Comme lui, je prends conscience du fait que ma vision habituelle (ou plus largement ma perception) du monde est fallacieuse, qu'elle est *en réalité* absolument distincte de celui-ci, un *flux* flottant à sa surface sans l'*influencer*, ni l'émouvoir, ni même s'y associer si peu que ce fût ; une réalité totalement *superflue* par rapport au monde... Les *liens* du *familier* sont unilatéraux et illusoires. Il n'est rien ici-bas qui, au fond, ne nous soit étranger. Et d'y penser me fait un drôle d'effet. « La belle affaire…! » m'objecterait sans doute Christophe si je lui faisais part de telles pensées... « Si c'est pour énoncer des vérités aussi banales que tu consens enfin à prendre la plume... Tout le monde éprouve un jour ou l'autre un tel état de choses. Tu es bien le premier, après ce Roquentin, à t'en étonner pour de bon et à t'en émouvoir à ce point. Qui de nous, dès l'enfance, n'est tombé en arrêt devant un caillou, un brin d'herbe, ou même interloqué face à un mot soudain privé de sens, et n'a entrevu à cette occasion l'inanité foncière de sa façon courante de voir, entendre, sentir et réfléchir les choses à l'unisson de ses semblables...? L'irréductible indifférence de la nature, ou plus largement de l'Univers, à l'égard de nos existences est familiarité que nous prétendons entre-

14

tenir avec lui. Si c'est pour me faire part de tels truismes que tu m'écris, et si c'est seulement ça que le dit Sartre a mis dans son bouquin... ».

*

Quelle différence, dis-moi Christophe, entre les vues de l'Yonne enregistrées par mon cortex pendant tant d'années et celles qui se présentent à moi aujourd'hui ? Réponse : les vues d'hier portaient hier ton estampille ; en pied ou en buste, tu y figurais invariablement dans le bas, côté gauche ou droit, parfois en plein milieu. Certains indices m'ont donné à penser que tu partageais, à mon côté, sensiblement le même point de vue que moi sur la réalité ambiante - à un tout petit angle de parallaxe près...

Peu de différence en effet dans la façon de voir, sentir, entendre les choses qui, l'été dernier, nous entouraient, Christophe et moi, donc en gros les mêmes vues, les mêmes sensations, le même vécu du monde… Je voyais à travers ses yeux, et réciproquement. Sa présence permanente dans mon champ de vision conférait à celui-ci l'estampille de l'intersubjectivité, ou objectivité. Fermant les yeux quelques instants, je savais que le monde subsistait identique dans les siens - à charge de revanche, ou de *relève* pour parler comme les militaires. Chacun pouvait se reposer sur l'autre de la garde du monde... Dès lors que je suis seul au bord de l'Yonne, il en va autrement. Les vues que j'ai du fleuve sont vierges non seulement de la présence de Christophe, mais de toute présence humaine, si ce n'est mon ombre devant moi, ou mon reflet dans l'eau… Personne en vue, qu'est-ce que ça change ? Bien des choses à vrai dire. Personne à perte de vue dans les parages signifie que la vision que j'ai du présent paysage est singulière, non recoupée, non relayée par autrui, donc incertaine, fragile menacée tôt ou tard d'extinction ? Sentinelle isolée, je me surprends à rechercher de l'aide visuelle autour de moi. Pour une vision mieux répartie, plus collective (objective) du monde sensible, je ne peux m'en remettre ici qu'à quelques vaches aux grands yeux contemplatifs dans un pré voisin... Je n'ai aucune idée de leur façon de voir les choses, mais j'imagine sans peine que leur vécu du monde n'a rien à voir avec le mien (*i.e.* le nôtre) ! Les vaches - intuition soudaine - regardent les mêmes choses que moi, mais n'en ont pas la même vision, moins encore le même vécu. Supposition du même ordre en ce qui concerne les martinets, libellules et tout ce vivant qui croisent au ras de la surface de l'eau, ou, a fortiori, évoluent en dessous (poissons, larves, insectes, etc...). Des vécus multiples et divers (dont certains probablement si frustes qu'ils s'apparentent à de l'invécu ?) se détachent ici d'une même réalité et flottent à sa surface (ou en dessous), qui n'ont rien à *voir* les uns avec les autres, et ne veulent - ni ne peuvent - rien savoir les uns des autres. L'idée même de leur coexistence est impensable - où donc prendrait-elle place, dans quel super-vécu ? Rien de commun donc entre tous ces vécus, ni entre chacun d'eux et la réalité qui les engendre. Tous, y compris le mien (le nôtre), ont ce même caractère foncièrement relatif, arbitraire... « D'où vient alors - me dis-je, en suivant mon bouchon de ligne d'un œil distrait - que nous tenions collectivement notre vécu humain pour absolu et exclusif de tous les autres, et représentatif de la réalité en soi…? N'est-ce pas de façon abusive qu'il est considéré par notre esprit comme ne faisant qu'un avec celle-ci ? Si les vaches en faisaient autant de leur côté ? Si leur troupeau majoritaire dans les parages allait s'imaginer que je vois et vis le monde de la même façon qu'elles, si elles allaient tenter de m'absorber en leur vision, et me vampiriser psychiquement ?!... » Telles sont en gros les pensées peu courantes et inconfortables qu'en l'absence de Christophe (de tout être humain) pour partager mes vues au cœur de la nature, me viennent à l'esprit, sans que je puisse en faire part à quiconque. Difficile d'assumer mentalement tout le vécu à soi tout seul, sans dérailler un peu. Est-ce ce que l'on appelle "battre la campagne" ? Par chance (?) - et sans doute l'expérience est-elle partagée par tout pêcheur solitaire -, chaque fois que l'on s'apprête à (outre)passer les bornes du raisonnable et franchir en pensée la paroi du Réel consensuel, se produit à la surface de celui-ci un incident ou évènement notable (secourable ?) qui nous retient d'aller "trop loin". Alors qu'hypnotisée par la monotonie de l'écoulement liquide mon attention décrochait du plan d'eau et se transportait en pensée, au-delà de toutes formes de réalités, dans le *no man's land* des grands problèmes métaphysiques, voilà que mon bouchon flottant est pris de deux-trois violents soubresauts, qui me rappellent à l'ordre (des choses) et me ramènent dare-dare à la réalité de la pêche à la ligne : un *barbillon* d'au moins une demi-livre au bout de mon fil !

*

17

Cher Christophe,

Me croiras-tu si je te dis que j'ai pris ce jour un bar-billon d'au moins une livre et demie ! J'aimerais que tu sois là pour le dévorer de tes propres yeux, et le déguster en ma compagnie...

Autre évènement intempestif qui m'a retenu d'aller trop loin dans mes divagations métaphysiques de pêcheur solitaire : l'apparition soudaine du fils Trétard à mon côté, canne à pêche à la main ! Pendant près d'une heure (mais la patience n'est pas son fort), sa présence m'a permis de saisir sur le vif toute la différence entre une perception solitaire du monde ambiant et une perception commune, humainement partagée, par exemple côte à côte. La commutation de l'une à l'autre est instantanée, saisissante. Aussi inconsistant que soit le personnage, sa seule entrée en scène et le simple regard qu'il pose sur le décor ambiant confère à celui-ci identité, stabilité et objectivité. Celle de Maurice Trétard m'apporte un indéniable soutien dans ma propre *réalisation* du réel. Tout cela va d'un coup (de baguette magique) tellement de soi ! Et la banalité des choses de ce monde en ce jour d'été est encore plus marquée dès l'instant où le dit personnage ouvre la bouche :

-Alors, tu pêches tout seul ? Christophe est à l'armée ?

-Comme tu vois...

-Alors, Mireille est également toute seule. Tu vas en profiter ?

-...

-Tu devrais en profiter. Tu sais qu'elle couche avec tout le monde...?

-Avec toi par exemple ?

Comme s'applique à le suggérer le langage (mais nous ne l'écoutons guère), dans *conversation* il y a *con* et *versation*, c'est-à-dire versement conjoint d'énergie psychique au bénéfice de la bonne cause, ou cause commune (ou encore *sens commun*). Et la trivialité (*i.e.* viabilité multiple) du réel ambiant eût été certes mieux assurée si des dizaines d'entre nous s'étaient trouvés réunis en ce même lieu (commun) à ce moment, pour un concours de pêche ! La Société des hommes, par ses rassemblements, associent les individus entre eux mais aussi, et plus solidairement encore, chacun d'eux à son cadre de vie, c'est-à-dire au Réel. Plus nombreux les *regards*, plus assurée la *garde* du monde. Plus abondant le bavardage, plus onctueuse la sauce (!) sociale. L'union fait la force…

*

Cher Christophe,
Maurice Trétard m'annonce son prochain départ au service militaire. Décidément, c'est contagieux. Moi-même, tôt ou tard... Donc plus de sentinelle bientôt pour monter la garde en ce point particulièrement sensible du monde sensible, la boucle sauvage de l'Yonne en dessous du barrage ? C'est toute une époque en fait, toute une période de nos vies, tout un flux, tout un décor, tout un pan de réalité qui bascule, qui passe dans le passé d'un coup, comme une lettre à la poste…

…ou ces missives mort-nées qui vont à la panière, ou qui finissent au mieux dans un tiroir.

*

Mon cher Christophe,

J'ai bien peur que durant toutes ces vacances passées ensemble au bord de l'Yonne nous ayons constamment confondu, toi et moi, réalité en soi et réalité vécue, ou pour parler comme Kant, "noumène" et "phénomène"...

De fait, dans cette affaire qui me préoccupe - ou devrait me préoccuper - au sujet de la réalité du monde extérieur, Kant a parfaitement raison : rien de commun entre les choses telles que nous les voyons, percevons, réalisons, vivons…, et ce qu'elles sont *en* elles-mêmes, *par* elles-mêmes. Car si j'en crois Kant (ou ce que j'ai cru entendre dans la bouche du prof de philo à propos de Kant), le milieu spatio-temporel où nous situons toutes réalités n'est jamais qu'une projection de notre esprit, une caractéristique a priori de nos vécus. Or, ce n'est pas peu que l'espace-temps dans la réalisation du Réel ; disons même que c'est l'essentiel. Autrement dit, le monde vécu par moi n'a rien à *voir* avec le monde en soi !… Pierre angulaire de la philosophie kantienne et de toute la pensée occidentale depuis deux siècles, la différence irréductible entre réalité phénoménale (vécue) et réalité intrinsèque (en-soi) est en principe admise aussi bien par les physiciens que par les métaphysiciens. Mais il y a un monde (le nôtre) entre la théorie à la pratique. C'est en vain par exemple que le prof de philo s'est appliqué à nous faire toucher du doigt cette lézarde essentielle au sein de l'existant. Si les meilleurs d'entre nous ont assimilé la chose intellectuellement et se sont même montrés capables de la restituer noir sur blanc et d'en disserter de façon brillante sur le papier au titre de la composition trimestrielle, dans la pratique en revanche - et sans doute était-ce mieux ainsi - nulle d'entre nous ne l'a jamais sérieusement intériorisée, moi pas plus que les autres. L'*on* a continué d'être au quotidien comme si de rien n'était de cette dissociation fondamentale. Rien n'a personnellement changé dans ma *façon de voir les choses*, grandes ou petites, proches ou lointaines, et dans mes habitudes de vie, pas même au cours du cours sur Kant. C'est toujours la réalité en soi, absolue, que je pense avoir sous les yeux et sous la main, que j'appréhende, affronte, côtoie, réfléchis, commente et touche parfois du doigt, la douce peau des filles par exemple... Analogie : nous savons pertinemment que la Terre est ronde et qu'elle tourne sur elle-même face au Soleil, mais n'en continuons pas moins à la vivre mentalement et physiquement comme plate et parfaitement immobile, tandis que le soleil la survole le jour et passe en dessous la nuit... Seuls quelques spécialistes gardent à l'esprit durablement "ce qu'il en est" au juste de la réalité sous-jacente - encore qu'une fois rentrés chez eux...? Au demeurant, le prof lui-même, une fois fini son cours, tient-il réellement compte dans sa manière d'être de l'énorme fracture introduite ici-bas par la révolution kantienne dont il nous a fait part ? J'ai plutôt l'impression qu'il ne la professe une fois l'an qu'à titre professionnel, de façon un peu mécanique, sans jamais perdre de vue qu'elle lui sert à gagner sa vie sur cette terre bien réelle. Mais Kant non plus - dit-on - n'a pas été au bout de sa logique ; par crainte de représailles socio-professionnelles...? Comme l'a cependant bien vu et exprimé le prof, de façon lumineuse et incidente à la fin d'un cours : Kant fait du phénomène une réalité non pas subjective mais intersubjective, c'est-à-dire quelque chose de vécu en commun par vous et moi, par tout le genre humain à partir du noumène inconnaissable. Or, chaque être au monde sait d'expérience que son vécu propre - qu'il soit interne ou externe - est radicalement subjectif, rigoureusement individuel, strictement cloisonné, isolé, personnel. La singularité est le trait dominant de l'être-au-monde. Si cloisonnement (fracture) il y a, c'est entre l'individu singulier et le reste du monde (autrui compris) qu'il se situe, et non pas entre je ne sais quel Sujet absolu et l'objet extérieur. Pour moi en tout cas l'inconnaissable commence au bout de mon nez et de mes doigts... Il est vrai qu'on voit mal le professeur douter de l'existence de ses élèves en leur présence, et réciproquement. N'ai-je pas moi-même du mal à rester convaincu de l'*inobjectivité* foncière de ma feuille de papier quand je peine à écrire dessus ? C'est sans doute *humain*... C'est peut-être aussi que l'expérience intime, mystique, qui fonde cette intuition, est impossible à vivre en société ? L'union fait la force (la force d'adhésion au monde ambiant). C'est plus fort que *nous* : nous croyons *communément* que nous avons en *commun* une même vision des choses (le bien nommé *sens commun*) et nous croyons dur comme fer que cette communauté de vues se confond avec la réalité elle-même. À nos yeux, *vision* du monde et vérité du monde à ne font qu'un. Ce n'est que dans la solitude individuelle qu'un doute, une di*vision* peut s'introduire efficacement dans notre esprit entre les deux ordres de réalité et les séparer *de facto,* selon le vœu de Kant. Est-ce socialement souhaitable ?

*

Vois-tu, Christophe, (mais sans doute l'as-tu observé toi-même au service militaire ou ailleurs), la fracture ou dissociation originelle entre vécu et réalité en soi n'est vécue au sens propre par personne en société, pas même par ceux qui la professent. Elle n'est entrevue, ressentie, intériorisée qu'accidentellement par des asociaux invétérés ou occasionnels, comme Roquentin ou moi, à la faveur (?) d'une solitude humaine un peu exceptionnelle, lorsqu'on "bat la campagne" - ou la ville...?

Et sans doute vaut-il mieux qu'une telle vérité reste confidentielle, donc hermétique dans sa formulation. Sa diffusion imprudente dans le grand public (*divulgation*), son éventuelle prise au sérieux par les masses humaines y provoqueraient probablement des remous mystiques de grande ampleur aux conséquences incontrôlables et dommageables pour le tissu social : crimes ou suicides de masse, anorexies, pulsions anarchiques en tous genres (*« si rien n'existe en dehors de* moi, *tout* nous *est donc permis ! »*), à tout le moins une démobilisation générale des corps et des esprits susceptible de remettre en cause la bonne marche en avant du temps et du progrès social qui l'accompagne... Différence tout de même importante entre mon vécu solitaire et celui du héros (?) de Sartre : les symptômes nauséeux que décrit R..., et qui donnent leur titre à son roman, restent totalement absents de mon expérience personnelle. Mais plus fondamentale encore la différence entre la façon dont s'opère la dissociation existentielle respectivement chez le *héros* sartrien et chez moi. Dans le cas de R..., si j'en crois J.P.S., le détachement des choses s'effectue par rapport au sujet lui-même, unilatéralement, et relègue celui-ci dans l'inexistence ou presque. C'est tout l'existant y compris son propre corps (voire ses pensées) que R... sent se retirer de lui ; marée basse ne laissant sur place qu'un résidu de conscience nauséeuse... Dans mon cas, c'est pratiquement l'inverse : mon vécu de pêcheur solitaire s'arrache à la gangue familière des choses ambiantes, les relègue dans l'indistinction du non-moi, et, par-delà celles-ci, connaît un flottement existentiel, qui, une fois passé les affres du déchirement initial, s'apparente à un sorte d'extase plus qu'à un malaise...? Donc une même expérience de base, sans doute de nature mystique, mais vécue de façon radicalement opposée par Roquentin et moi... Sa nausée ? une façon de mal prendre les choses ; une mauvaise façon de s'en déprendre. Il vit cela comme une déréliction, moi plutôt comme une délivrance... Il est après tout normal que, dans la solitude (*Solus ipse*), la multiple diversité des êtres et des choses se résolve en singularité. Dans le cas de R..., c'est la chose en soi qui se singularise et se détache de lui ; dans mon cas, c'est le vécu humain, ou plus singulièrement encore, mon propre vécu : « je suis ! » qui me paraît d'un coup étrange, insolite, singulier, essentiel, et qui se dissocie de la pluralité douteuse des existants. « Pourquoi moi ici-maintenant, à titre personnel, et non pas un seul grand vécu unifié, collectif ? ou pas de vécu du tout ? Pourquoi pas uniquement de l'*invécu*...? » Roquentin, fasciné qu'il est par la chose en soi, *se* perd littéralement de vue au profit de celle-ci ! ne voit plus que c'est lui *présentement* qui voit et vit la chose ! ne remarque pas à quel point il est remarquable, et après tout miraculeux, que la dite chose soit encore remarquée de lui, vécue par lui en cet instant, plutôt qu'invécue, c'est-à-dire qu'en face d'elle il y ait quelque chose d'autre nature qu'elle - le vécu - qui la considère et la réfléchisse, fût-ce en mode nauséeux... Nauséeux, euphorique ou indifférent, subjectif ou inter-subjectif, le vécu n'est-il pas toujours "quelque chose et non pas plutôt rien", et mieux que cela : un *présent* tout à fait estimable, un vrai *cadeau* ? Agréable ou pas, le contact avec la chose *présente* constitue l'essentiel de tout vécu... D'autant plus remarquable ce vécu qu'il est loin d'être la règle dans l'univers. S'agissant du mien par exemple, il est notoirement *sujet* à éclipses (sommeil, anesthésie, coma), et probablement à extinction totale, définitive (décès) un jour ou l'autre. À titre collectif et bien qu'en plein progrès tous azimuts dans l'espace-temps, le vécu humain laisse subsister, à jamais sans doute, d'énormes poches d'invécu ! Quand on songe aux milliards d'êtres humains passés ayant désormais perdu tout contact avec la réalité présente et au nombre pratiquement infini d'êtres possibles qui n'en bénéficieront jamais... Roquentin tout de même, dans le cours du roman (p. 82), a cette étincelle de lucidité heureuse qui se situe aux antipodes de la Nausée, mais qui, malheureusement pour lui, est fugitive et sans lendemain : « ... *il m'arrive que je suis moi et que je suis ici ; c'est moi qui...* » etc. Roquentin a cette autre intuition géniale (mais peu exploitée par l'auteur dans la suite de son œuvre) : c'est par paresse que le monde ne se renouvelle pas d'un jour sur l'autre. Paresse d'esprit ?... Il ne va pas du tout de soi, en effet, que le Réel reste identique à lui-même, pratiquement, de la veille au lendemain, ou même d'un instant à l'autre, ainsi qu'il a coutume de faire. Il pourrait aussi bien se renouveler de fond en comble à tout moment, comme dans un kaléidoscope, ou comme dans certains rêves du sommeil paradoxal... Manque d'imagination de sa part ? Ou peut-être simple léthargie du vécu qui le prend en compte ? Ce piètre dynamisme du monde dans l'invention, que nous observons quotidiennement, ce rabâchement de la routine dont nous souffrons et profitons à la fois, n'est peut-être après tout qu'un effet d'optique temporelle inhérent au vécu bien tempéré que nous en avons ? En soi-même, le Réel est tout plein d'éruptions brutales, d'éclosions et proliférations incessantes et monstrueuses, biologiques aussi bien que physiques ; mais cela se produit, se *réalise*, sous nos yeux en un ralenti prodigieux qui en atténue fortement, pour nous, le caractère spectaculaire... Ne suffirait-il pas que le *tempo* de nos vécus trop tempérés s'accélère un peu pour que les évènements se précipitent, se bousculent et que la routine de nos vies fasse aussitôt place à un chambardement continuel, instantané ? À la vitesse de défilement d'une année par seconde par exemple, soit une accélération du temps d'environ trente-deux millions de fois, notre cadre de vacances immuable en dessous du barrage, à base essentiellement de contours végétaux, géologiques, hydrographiques bien tranquilles, eût connu d'incessantes et brutales métamorphoses. Nous ne serions pas trop de deux, Christophe et moi, pour contrôler cela. Cette évidence me fait tout drôle : le tempo d'écoulement de l'eau sous mes yeux n'est pas inhérent à l'Yonne elle-même mais relatif à la vision que j'en ai *couramment*, c'est-à-dire, en premier ressort, à mon rythme cardiaque ordinaire ? Et il en *va* de même du passage des nuages au-dessus de ma tête, du vol des libellules au ras de l'eau, de l'ondoiement périodique des joncs et des roseaux, etc... En regard d'autres vécus que le mien, ou, de façon plus large, *autre* que l'humain, tout *ça* est susceptible d'apparaître plus rapide ou plus lent, voire tout à fait immobile, tout *ça* peut être infiniment accéléré ou ralenti, comme au cinéma... Cette "relativité" de la réalité apparaît tout à coup à mes yeux, ou plus exactement à mon esprit, l'évidence même ! Reste à se demander - ce que n'exclut pas Kant a priori - s'il existe des formes de vécu correspondant à tous les états possibles de la réalité fluviale, ou plus largement terrestre, voire universelle ; des vécus extérieurs au domaine du vivant, c'est-à-dire non soumis comme nous aux horloges biologiques, et dont naturellement nous ne pourrions avoir idée, sinon de façon approximative en recourant par exemple aux artifices (ralentissement, accélération) que permet la technique cinématographique. Penser cela n'est pas banal chez moi, pas habituel ; cela *va* plutôt à contre-courant de mon flux réflexif normal, celui sans doute aussi de tous mes congénères, y compris donc Christophe…?

*

Épinal, Caserne Marchand,
3ème Cie, 2ème bataillon,
6ème RIC

Qu'en dis-tu Christophe...?
L'en-tête de cette lettre doit provoquer chez toi une stupéfaction au moins égale à ce que fut la mienne en arrivant ici ! Faute d'une vocation universitaire encore bien affirmée (licence de Lettres, ou licence Philo ?), j'ai donc résilié mon sursis d'étudiant et décidé, comme tu l'avais fait en ton temps, de me débarrasser au plus vite de la chose militaire. Et ma surprise fut grande, tu l'imagines, en arrivant au...

...6ème RIC, 2ème bataillon, 3ème compagnie, chambrée 12..., où les "anciens" déjà présents m'indiquent un lit vide et une armoire disponible pour y ranger mes affaires (personnelles et militaires). Or cette armoire – stupéfaction ! - porte une étiquette mal grattée et cette étiquette un nom : "CHRISTOPHE ALLARD", et même un matricule "59217"... (Mon vieux, me dis-je, si Christophe est dans les parages, ça change tout ! Ce matricule 59217 est un fameux numéro !).

Reprenant mes esprits et bridant ma jubilation intérieure, indécente en pareille circonstance, à tout le moins peu conforme à mon statut de *bleu* aux yeux des *anciens*, je me tournai vers eux et, leur offrant de petits cigares que je tenais en réserve à toutes fins utiles, les interrogeai à ce sujet : Allard, matricule tant, le connaissent-ils, l'ont-ils connu ? dans quelle chambre est-il à présent ? quelle compagnie ? quel bataillon ? quel régiment ? etc... Des questions pour lesquelles j'envisageai déjà, et redoutai bien sûr une réponse en forme de couperet :

-Il est rentré dans ses foyers le mois dernier.

Réponse vraisemblable et, du point de vue de Christophe, tout à fait souhaitable... D'une *classe* plus âgé que moi, astreint comme moi à dix-huit mois de service, il devait lui en rester six à faire ? Mais ayant devancé l'appel d'un semestre - selon sa tante -, il pouvait aussi bien en avoir fini de ses obligations militaires ?... Tant de facteurs à prendre en compte excédait mes capacités de calcul algébrique, ou simplement arithmétique (fortement diminuées en ce premier jour d'incorporation "sous les drapeaux"). Pour compliquer encore la donne, Christophe pouvait - chose improbable mais pas impossible - avoir *rempilé* !?... Enfin, cet Allard pouvait être un parfait homonyme.

-Christophe Allard, vous connaissez ?

-Allard ? Allard ? s'interrogent les gars du regard, plus attentifs à mes cigares qu'à mes questions.

-Christophe Allard, précisai-je à nouveau. Son nom est écrit là dans mon placard... ?

Plusieurs s'approchent pour vérifier. Mais ce nom ne leur dit toujours rien, "rien de rien". Au vrai, je n'allais pas tarder à découvrir combien la notion d'ancienneté est relative et souvent abusive en milieu militaire : la plupart de ces prétendus *anciens* ne m'avaient précédé ici que de deux semaines ; donc à peine moins *bleus* que moi ; donc peu au courant de ce qui s'y était passé...

-Inconnu au bataillon ! déclarent-ils cependant à l'unisson.

Je m'apprêtai à prendre mon parti de la non présence de Christophe en ce lieu improbable (le contraire eût été une coïncidence miraculeuse) lorsque est entré dans la chambrée un véritable *ancien* parmi les anciens : le "première classe" Bourdon, faisant office ici de chef de chambre. Après avoir examiné l'étiquette à demi grattée et fouillé sa mémoire :

-Allard ? ça fait longtemps qu'il est plus là, m'informe-t-il. Eux, les *bleus*, n'ont pas pu le connaître, ils sont arrivés après.

Je lui offre un cigare... Le première classe Bourdon daigne alors me préciser, nonobstant la distance que mettent entre nous son grade et sa très réelle ancienneté militaire par rapport au nouvel arrivant que je suis :

-Il a changé de compagnie, et même de bataillon, Allard. Il doit être aujourd'hui à la 2ème du 1er Bataillon, Allard..., s'il est encore des nôtres.

En insistant encore un peu, mais toujours déférent, j'appris que le dit bataillon se trouvait cantonné dans un bâtiment identique au nôtre, mais à l'autre bout de la caserne. Mon esprit et mon cœur eurent à nouveau du mal à contenir leur jubilation : cinq cents mètres de mâchefer à parcourir, trois-quatre corps de bâtiments à longer, et dans le dernier d'entre eux, au hasard des couloirs et des chambrées, une bonne chance de rencontrer l'ami Christophe... aujourd'hui même !? Je me hâtai de ranger mes affaires, m'efforçai de faire un lit aussi *carré* que possible, installai mon calot sur ma tête pour saluer réglementairement les gradés rencontrés (difficile de ne pas oublier le calot et le salut hiérarchique dans les tout débuts du service militaire), me dirigeai impatiemment vers la sortie et lançai à l'aimable première classe Bourdon responsable de celle-ci :

-Si *on* me cherche, je suis au 1er bataillon ; je vais y faire un tour pour voir si mon copain Allard y est...

La tête des types ! La stupeur le dispute un instant dans leurs yeux à l'envie de rigoler, laquelle finit par prendre le dessus et éclater bruyamment. Sauf chez Bourdon qui fronce ses gros sourcils, car à ses yeux de petit chef ma naïveté (rappelons que c'est mon premier jour à la caserne) peut passer pour de la provocation : serais-je une forte tête, ou pire encore un esprit fort ?

-Rassemblement dans moins de cinq minutes ! me lance alors le moins hilare d'entre mes nouveaux compagnons. Et de me préciser, entre deux hoquets, qu'il m'était interdit en ces premiers jours d'incorporation et d'instruction militaires de vaquer à ma guise dans la caserne et de m'y déplacer autrement qu'en groupe, interdit de m'éloigner si peu que ce fût de ma compagnie, et que, tenterais-je même l'escapade jusqu'au lointain bâtiment du 1er bataillon, je ne saurais y pénétrer aux heures de service - soit en gros vingt-quatre heures sur vingt-quatre - sans un *ordre de mission* expresse signé d'une autorité compétente, en l'occurrence le commandant de bataillon (quatre galons).

Me voici donc consigné sur place – comme du reste tous les autres -, rivés aux pieds de nos lits "jusqu'à nouvel ordre" ! Occasion pour moi de découvrir un aspect spécifique de l'espace militaire : à l'instar de l'espace scolaire mais plus rigide encore et tarabiscoté que celui-ci, celui-là n'est pas un espace ordinaire, naturel, soumis aux seules lois de la pesanteur et de l'impénétrabilité des corps solides (terrain où les distances sont en rapport direct avec les capacités physiques de chacun à les parcourir), mais un endroit artificiel, truqué, oserai-je dire "kafkaïen", opposant à la libre circulation corporelle des individus, outre les obstacles matériels de la vie courante, tout un réseau complexe et sournois de barbelés fictifs, chausse-trapes virtuelles et barrières de pure convention, tous cependant terriblement infranchissables et contraignants...

Il me faudra attendre cinq jours, c'est-à-dire le dimanche suivant, pour me rendre au 1er bataillon !

*

Épinal, Caserne Marchand,
3ème Cie, 2ème bataillon,
6ème RIC

Caporal-chef, salut !
L'en-tête de cette lettre t'en dira bien plus que de longues explications sur ma localisation et mon état actuels. Dix-huit mois de "service" comme toi ! Je ne t'apprendrai rien de bien nouveau en évoquant les aspects négatifs de la chose militaire. Tu es déjà passé par là et si j'en crois certains indices, passé tout près de moi à cette occasion ! La petite enquête que je viens de mener sur place m'incite à penser que tu as quitté la caserne Marchand (ça ne te dit rien ?) le jour même où j'y arrivais ! ou peut-être le jour d'avant ? Et c'est pour élucider ce point crucial mais encore incertain de l'histoire contemporaine que je me décide enfin aujourd'hui...

Il me fallut attendre cinq jours, c'est-à-dire le dimanche suivant, à l'heure désœuvrée de la messe, pour gagner l'entrée du 1er bataillon.

-Allard ? Allard ? s'interrogent quelques types nonchalants et débraillés (c'est dimanche), occupés à prendre le soleil sur un banc et quelques chaises bancales devant la porte de la 2ème compagnie. J'offre à la ronde mes derniers cigarillos.

-Allard ? (mon espoir n'en mène pas large)...

-Connais pas, dit le premier d'entre eux, petit breton tatoué, mais merci quand même.

-Pas d'*cheu* nous ! confirme un grand blond de type flamand, qui se sert également dans la boîte que je lui tends.

-Moi non plus, dit un autre, mais ce n'est pas de refus.

-Inconnu au bataillon, réaffirment-ils à l'unisson, tirant de leurs cigares une première bouffée odorante...

-Ah, dis-je désappointé. C'est pourtant bien ici la 2ème Compagnie du 1er Bataillon ?

-*Pour vous servir, mon Général* ! me lance alors, gouailleur, un type à l'accent plus pointu (parisien ?), qui, serviette autour du cou, sort à l'instant du bâtiment, et vient s'asseoir parmi les autres soldats sur l'ultime tabouret resté inoccupé.

-Il cherche un gars du nom d'Allard, lui explique le tatoué supposé breton. C'est pas chez nous, c'est peut-être à la quatrième ?

-*Christophe Allard* ? s'enquiert le nouveau venu (à qui j'offre mon tout dernier petit cigare et dont j'apprendrai un peu plus tard qu'outre son origine parisienne, gage de vivacité d'esprit, il a le grand mérite, en cette affaire, d'être secrétaire de compagnie avec le grade bien mérité de caporal) : *Allard, Christophe* ?

-C'est exactement ça ! dis-je tout regaillardi d'espoir...

-*Christophe* ? reprennent alors les autres en chœur, tirés d'un coup de leur torpeur dominicale par l'énoncé de ce prénom comme par un coup de clairon ! Tu parles si on connaît *Christophe* ! Et comment, *Christophe* ! Qu'est-ce que tu lui veux à *Christophe*... ?

-C'est un copain d'enfance à moi. J'ai retrouvé sa trace dans ma chambrée, au 2ème bataillon. Je voulais le saluer, lui dire bonjour.

-Christophe Allard - me débite sur un ton monocorde l'astucieux secrétaire en lâchant un premier rond de fumée vers le ciel -, le Caporal-Chef Allard, dit familièrement *Christophe*, est retourné dans ses foyers la semaine dernière.

(Patatras !)

-Il a eu *la quille* il y a trois jours, me traduit en langage ordinaire le breton...

-Quatre jours ! rectifie le flamand.

-Jeudi ? dis-je. Le surlendemain de mon arrivée... ?

-Non, mercredi, affirme un type.

-Mardi, soutient un autre. Il a arrosé son départ. Si je m'en souviens : du rhum et du rosé ; une sacrée bringue !

-D'accord, mardi soir pour la fête, j'y étais également. Mais il a pris le train avec les autres *quillards* mercredi matin...

-Les libérables de la 54/2 ont quitté la caserne en camion pour rejoindre la gare la plus proche et de là leurs foyers respectifs le mercredi 17 à 12h30 précises, tranche alors d'une voix administrative et sur un ton définif le secrétaire de compagnie.

-Un chic gars ce sous-off, tient à dire le breton.

-Un bon copain, dit le flamand.

-Et démerde ! renchérit un troisième.

-Et quel costaud !

-Quelle armoire !

(Je dresse l'oreille)...

-Christophe Allard dit "Tarzan" ou "Goliath", rappelle le secrétaire.

(Je dresse les deux oreilles)...

-Le plus grand type et le plus fort de la section jusqu'à mardi dernier.

-...Et de la compagnie. Le pilier permanent de nos défilés. Il va nous manquer.

Je me permets d'intervenir :

-Christophe, dis-je rassemblant mes souvenirs, le Christophe Allard dont je parle est costaud certes, trapu même, mais de taille légèrement inférieure à la moyenne, à la mienne par exemple ?

-Beaucoup plus que la tienne, un très grand, rectifie le flamand en me toisant...

-Un mètre quatre-vingt-sept, confirme le secrétaire toujours précis.

Qu'en penser ? Réflexion faite, Christophe pouvait avoir grandi sur le tard, depuis que nous ne nous étions vus ? Physiologiquement, c'était chose possible et même souhaitable pour lui (lui qui se désolait jadis de n'avoir pas le gabarit des *grands* acteurs américains, Cary, Gary, Henry et autres James ou John, alors qu'il en avait incontestablement la *gueule)*. Je me réjouis pour lui d'une telle éventualité et poussai mon enquête :

-Le cheveu plutôt noir, ce Christophe Allard ?

-Oui, plutôt brun, me dit le blond...

-Plutôt clair, plutôt châtain, corrige un petit brun qui est très peu intervenu jusqu'ici et dont le poil, comme l'accent, dénote une origine méridionale.

-De toutes façons, les cheveux *rasibus* comme on les a ici...? objecte l'un des intervenants.

-Cheveux auburn, affirme le secrétaire comme s'il lisait la fiche d'identité de l'intéressé.

Me (re)vint alors à l'esprit l'idée que le dit Christophe pouvait fort bien ne pas être celui que j'avais en tête, mais tout bonnement un homonyme. Et, moins para-doxalement qu'il n'y paraît, cette éventualité fut pour moi une sorte de soulagement, puisque en fin de compte nous nous étions ratés - de bien peu, il est vrai ! J'étais quand même curieux d'en avoir le cœur net :

-...et de quelle couleur ses yeux ?

Là, mes interlocuteurs me lancent un œil soupçonneux (se regarde-t-on jamais droit dans les yeux "entre hommes", sinon pour se défier ou s'affronter ?).

J'embraye aussitôt dans une autre direction :

-Et de quelle région, *votre* Christophe ?

-Du Centre, par là, ou de l'Est, affirme le breton.

-Du Sud, corrige le gars du Nord.

-Du Nord, corrige le méridional...

-Celui que je connais est de Bourgogne et il en a un peu l'accent, dis-je pour les mettre sur la piste.

-Tout à fait ça ! dit le secrétaire. Allard roulait les "R" comme personne.

-Pour moi, c'est plutôt l'accent du Cantal ! s'obstine le breton.

-Non, non ! dément un gars qui s'affirme auvergnat.

Etc... etc...

-Je vais mettre tout le monde d'accord, intervient à nouveau l'astucieux "parigot" pour clore le débat. Le dossier du dit Allard, y compris sa photo, est dans le bureau du Major. On va tout de suite savoir...

Le suspense dura moins de cinq minutes. Le secrétaire de compagnie réapparut les deux mains vides, et les croisa à hauteur de sa tête en signe d'irrévocable conclusion :

-Tous les dossiers des libérables sont déjà remontés au PC du régiment.

-Aïe !

À un jour près, quelle différence après tout ? Si nos chemins s'étaient effectivement croisés dans cette immense caserne Marchand, aurais-je eu le "loisir" de sortir des rangs pour lui serrer la main et m'entretenir de vive voix avec lui, c'est peu probable. De son côté, sur le départ, peut-être Christophe a-t-il considéré de loin, l'œil vague, cette triste colonne de "bleus" en civil qui, à peine débarqués du train, faisaient la queue au magasin pour toucher leur paquetage d'effets militaires (ce magasin où les *quillards* comme lui étaient venus se délester du leur une ou deux heures auparavant) ? Il se pourrait même que le camion qui les conduisait tout joyeux à la gare soit passé près de nous, que Christophe m'ait aperçu et reconnu en un éclair dans la troupe des nouveaux arrivants, et adressé au vol un salut personnel, que de mon côté, ne l'identifiant pas (ne le sachant même pas là), j'aie interprété comme un vague signe d'encouragement et de commisération *urbi* et *orbi* d'un "libérable" à l'endroit de la "bleusaille" ? Mais s'il en est ainsi, pourquoi Christophe ne m'a-t-il pas écrit un petit mot à ce sujet, ou adressé une petite carte, une fois rentré dans ses foyers ? "LE BARRAGE D'ÉPIZY À JOIGNY, CLICHÉ YVON"...

Cette occasion manquée de nous retrouver en chair et en os et de nous entretenir de vive voix eut pour effet néfaste d'ancrer dans mon subconscient (?) l'idée que le Destin, autrement dit les Parques, s'opposaient formellement, une fois de plus, à de telles retrouvailles, que nos vies constituaient désormais deux lignes strictement parallèles qui, par définition, ne devaient plus jamais se rencontrer ! qu'il fallait donc en prendre notre parti, se contenter d'échanges épistolaires, entamer une correspondance en bonne et due forme…?

*

…Imagine-toi, Christophe, que j'ai été " rappelé" en Algérie durant l'été 1956, en tant que lieutenant de réserve (deux galons !), au titre du maintien de l'ordre et à l'initiative de Guy Mollet, chef de gouvernement ! Voilà qui m'apprendra à réussir mon bac, à "fayoter" pendant mes classes au 6ème RIC, puis faire les E.O.R. à Saint-Maixent et à monter irrésistiblement en grade (comme d'autres montent en graine) ! Je crois savoir que, de ton côté, tu n'as pas dépassé celui de Caporal-Chef, ni franchi la ligne bleue des Vosges, avant de regagner ton foyer au bord de l'Yonne, il y a de cela déjà…?

Profiter de ce que je suis seul au bureau (tous mes collègues sont en vacances d'été) pour laisser divaguer mon esprit en tous sens et non-sens (et en faire profiter quelque interlocuteur valable, Christophe par exemple, pourquoi pas…'?). Toutes sortes d'associations d'idées et/ou d'images se forment et se défont dans ma tête sans raison apparente et, la plupart du temps, sans que j'y prête plus d'attention qu'elles ne méritent... Soit par exemple ce souvenir militaire, précis et authentique, surgi dans mon champ de vision interne, en plein (?) travail civil : des dizaines de camions chargés d'hommes, à l'arrêt mais moteurs en marche, dans le sud algérien (région d'Aflou). Un régiment entier prêt à intervenir dans un massif montagneux que l'on dit infesté de rebelles (ou *fella-ghas*)... Vision instantanée comme l'explosion d'une bulle montant des profondeurs de mon vécu passé pour éclater à la surface de mon vécu actuel !... Assis sur le capot d'un GMC, la cigarette aux lèvres, j'attends comme tout le monde l'ordre d'entrée en action. Ce souvenir en soi banal (l'*opération* comme beaucoup d'autres a tourné court, les fellaghas courant plus vite que nous), suscite plus particulièrement ici ma réflexion pour la simple raison qu'il n'a strictement *rien à voir* (du moins en apparence ?) avec ce qui m'occupe l'esprit au même instant, à savoir mon travail habituel de traducteur-correcteur de textes scientifiques pour le "Bulletin de Documentation périodique de l'INRA, section Virologie végétale", et en particulier ces quelques lignes que mon regard parcourt de façon plutôt machinale avant renvoi à l'imprimeur :

"*... Le traitement à l'aspirine des feuilles de* Nicotiana tabacum *cv. Samsun, à 20°, forme des protéines liées à la pathogénèse (LP) et réduit la quantité de TMV accumulée 7 jours après l'inoculation. En revanche...*" etc...

Quel rapport, visuel ou auditif, franchement, entre les mots ci-dessus et ces camions qui me traversent l'esprit ? Existe-t-il entre ces deux réalités hétéromorphes une parenté qui m'échappe, une association d'idées secrète ? Jamais à court de rapprochements tirés par les cheveux, mon esprit biscornu me suggère celui-ci :

-L'abréviation anglaise TMV (pour Virus de la Mosaïque du Tabac), en appelle une autre dans tes neurones cérébraux : celle de GMC ("General Motors Company"), marque dominante de vos véhicules militaires en Algérie à cette époque, entraînant à sa suite le dit souvenir...

Suggestion plausible mais discutable, car ce même épisode algérien, très précis et localisé, revient me hanter de façon périodique dans des contextes d'activité mentale à chaque fois différents et toujours sans rapport patent avec lui. Et il n'est pas le seul... Une petite poignée d'autres souvenirs me *reviennent* ainsi en mémoire de temps à autre sans lien visible avec la situation dûment vécue par moi au même moment, et sans que je les aie expressément convoqués. Retours fortuits, neuro-mécaniques ? Pur hasard de ma circuiterie mentale ? Pourquoi ces séquences-là parmi les millions d'autres que ma mémoire a (aurait pu)(dû) enregistr(ées)er sur des sujets semblables ou différents, voisins ou éloignés, durant ma déjà longue existence ? Des rassemblements de camions en plein bled, en prélude à quelque opération de grande envergure contre des maquisards évanescents, j'en ai vécu plusieurs dizaines au cours de mes six mois de "guerre d'Algérie", et la plupart ni plus ni moins marquants que celui qui me harcèle à l'improviste. Sans pouvoir me les rappeler tous, j'en fais *revenir* à volonté un certain nombre au premier plan de ma conscience, et leur netteté est comparable à celle du souvenir qui revient *de lui-même*. Mais à la différence de celui-ci - différence essentielle et jusqu'ici inexplicable - ceux-là ne remontent jamais spontanément à la surface de mon vécu ; ils attendent que je vienne les chercher - non sans efforts - dans les replis de ma matière grise. Pourquoi l'exception ci-dessus ? En d'autres termes, qu'est-ce qui fait qu'à impact mémorial a priori égal, un petit nombre de souvenirs ont une activité de *revenants* spontanés alors que la grande masse de leurs homologues restent passivement stockés dans mes neurones, en attendant un éventuel et volontaire rappel mnésique de ma part...? Voilà, me semble-t-il, une matière à penser qui, en période estivale quasi générale, présente beaucoup plus d'intérêt pour mon esprit (et celui de Christophe éventuellement) que la Virologie, fût-elle végétale. La vocation métaphysicienne de ma pensée fait ici un retour en force et me propose l'explication ci-après, qui, quoique farfelue, a le mérite de secouer un peu la torpeur intellectuelle régnant dans nos bureaux en cet après-midi d'été et de titiller agréablement mes neurones cérébraux. Laissons-lui la parole :

-Si l'épisode d'autrefois se *re*présente avec insistance dans ton champ de vécu actuel, c'est qu'il a des raisons particulières de le faire ! s'il cherche *à se rappeler à ton bon souvenir*, c'est en quelque sorte pour *faire appel* de l'insignifiance imméritée où tu l'as tenu et/ou de la façon inadéquate dont tu l'as vécu sur le moment. Il s'agit en somme de sa part d'une demande de réexamen... Contrairement à ton jugement d'alors, cet instant n'était pas tout à fait comme les autres ; il avait un caractère crucial, décisif, qui, "sur le moment" t'aura échappé. C'était une sorte d'embranchement ferroviaire, fluvial ou routier, à partir duquel, n'eût été ta distraction, ta négligence, ta passivité, ou un certain concours (heureux ou malheureux) de circonstances, ta vie aurait pu prendre un cours très différent de celui qu'elle a finalement emprunté…

Simple hypothèse, mais assez séduisante... À l'appui de celle-ci, un autre type de souvenirs *revenants*, non pas militaires ceux-là, mais civils donc plus agréables à évoquer : des figures féminines aperçues autrefois en des lieux très divers et jamais revues depuis. À l'instar des camions en plein bled algérien, leur image personnelle et le décor qui s'y rattache reviennent au premier plan de mon souvenir à l'improviste, dans les circonstances les plus diverses et les contextes a priori les moins appropriés à leur contenu. Ces réapparitions mnésiques ont lieu chaque fois de façon fugitive, mais si fréquente que je finis par me poser à leur sujet des questions insolites et parfois dérangeantes. Que me veulent ces charmants fantômes…? Parmi les centaines ou milliers de belles jeunes femmes entrevues une seule fois dans nos vies et saluées au passage d'un discret hommage mental (les circonstances n'autorisant guère plus), puis effacées de nos neurones pour faire la place à d'autres aussi nombreuses, pourquoi certaines figures sont-elles récurrentes, d'autres pas ? Trois d'entre elles me (re)viennent en mémoire sans crier gare ! Elles s'y détachent alors avec une grande netteté, une précision et une vivacité que je ne parviens pas à expliquer d'autre façon qu'en envisageant l'hypothèse peu orthodoxe et farfelue que voici : ces rencontres féminines étaient moins anodines qu'il a pu me sembler sur le moment ; leur eussé-je donné suite, elles auraient pu se révéler déterminantes pour le cours ultérieur de ma vie. La première d'entre elles, chronologiquement parlant, n'est pas étrangère à Christophe…

Te souvient-il, Christophe, de la superbe naïade en maillot blanc deux-pièces, jaillie de l'Yonne à la baignade municipale d'Auxerre, un jour où nous avions pris nos vélos pour changer d'eau et d'horizon ? Il n'y eut entre elle et nous qu'un bref échange : sourires croisés, appuyés certes et riches de concupiscence mutuelle, mais non suivis de quoi que ce fût. Faut-il penser qu'entre elle et l'un de nous quelque chose de plus substantiel aurait pu prendre corps et effet si nous avions au moins pris langue avec elle (nous ne l'avons pas fait sous ce prétexte aujourd'hui peu compréhensible qu'elle portait des lunettes !), si par exemple, originaire de Paris comme moi et en vacances dans l'Yonne, elle avait suggéré qu'elle et moi nous revissions dans la capitale à la rentrée - toi restant par nécessité à Joigny, "sur la touche"...?

La deuxième apparition - inconnue de Christophe - est une splendide jeune-femme, seule et très élégante, à dix pas de moi, dans le jardin du Luxembourg presque désert juste après l'ouverture des grilles, par un matin magique d'avril, à une époque où, jeune célibataire encore, j'étudie en Sorbonne... Notre exclusive coprésence est si insolite dans un espace si vaste, et la fraîcheur de l'Univers si grande ce matin-ci, que je suis à deux doigts de céder à l'irrépressible envie (ce qui ne me ressemble guère) de marcher droit sur *elle* pour lui adresser la parole. Est-ce dans l'attente déçue d'une telle démarche, non accomplie, qu'*elle* resurgit ainsi sans cesse dans mon souvenir ? L'hypothèse est tentante...

La troisième *revenante* enfin, plus tardive : une non moins magnifique "créature" tenant un petit garçon par la main dans les allées du Zoo de Turin. Jeune marié pour ma part et père d'un enfant en région parisienne, j'effectue pour le compte de l'INRA un voyage d'études transalpin comportant quelques heures de loisir... Bien qu'accompagnée (donc d'un abord a priori plus difficile), l'italienne beauté attire mon regard et oriente presque malgré moi mes déambulations zoologiques depuis un bon quart d'heure déjà (à une distance cependant jusqu'ici restée respectueuse), quand, soudain, les remous capricieux du flot public nous rapprochent *tous les trois* au-dessus de la fosse aux Tigres et amène (?) le petit garçon à me prendre la main ! Pouvais-je alors envisager une suite ? Cela dépendait-il de moi ? S'en fallut-il d'un rien…?

Sans doute te souviens-tu, Christophe, de cette héroïne, "Sabine", d'un conte de Marcel Aymé (auteur que nous savourions dans notre jeunesse), jeune personne qui, un jour, se découvre tout à fait par hasard la faculté de se dédoubler, et mieux encore de se démultiplier à volonté, et dès lors ne peut plus se passer de cette commodité existentielle. Cela lui permet en effet de faire face (et honneur) aux multiples éventualités et opportunités, notamment amoureuses, qui se présentent à elle au fil des pages, tout en lui compliquant un peu la vie bien sûr… Il est certain que si toi et moi avions eu plusieurs vies à notre disposition simultanément, nous n'aurions pas manqué d'en réserver une pour perpétuer nos relations amicales d'autrefois… en dépit des Parques.

Il m'est facile aujourd'hui de tirer au clair les raisons pour lesquelles aucune des opportunités amoureuses ci-dessus n'a eu de suite *réelle*. Dans le premier cas, celui de l'ondine yonnienne, il s'agit d'une raison bizarre, que Christophe comprendrait aisément, car elle était très opérante en ce temps-là, une raison dont par contre aujourd'hui on a peine à comprendre le fondement : *elle* portait des lunettes ! Nous jugions à l'époque un tel défaut rédhibitoire, alors que nous n'objections guère à la couleur de peau, à celle des yeux ou des cheveux (avec toutefois, de mon côté, un léger penchant pour les blondes)… Force m'est d'admettre, rétrospectivement, que jamais *binoclar-*

de ne m'a semblé aussi séduisante que la baigneuse des bords de l'Yonne cet après-midi-là, pas même Josette, ma future femme, quelque dix ans plus tard, également porteuse de lunettes…

…"Rédhibitoire", t'en souvient-il Christophe ? Mot à la mode en ce temps-là dans les milieux un peu instruits - niveau bac. L'on s'en gargarisait, il faut l'avouer, un peu à tort et à travers, à tout propos. Le moindre défaut ou manque de quoi que ce soit était jugé et dit "rédhibitoire". Le port des lunettes, par exemple, était rédhibitoire en termes de séduction mais aussi en regard de nombreuses activités sociales, culturelles, sportives, ou même professionnelles, notamment la navigation aérienne : pas de pilote de ligne, d'hôtesse de l'air ni de steward avec des lunettes, le règlement l'interdisait. Les temps ont bien changé, et c'est tant mieux, n'est-ce pas pour tout le monde, à commencer par les dits "binoclards". Et justement, on ne traite plus personne de ce nom-là aujourd'hui…

Pour en venir aux deux autres opportunités (supposées) évoquées ci-dessus (jardin du Luxembourg, Turin), la première bonne (?) raison pour que l'échange entre *elles* et moi se limitât à un contact et une délectation visuels m'était à cette époque toute personnelle (mais peut-être encore opérante aujourd'hui ?), cette mauvaise raison me revient tout à coup à l'esprit : trop belles pour moi ! Et celle du Luxembourg sans doute trop élégante ! Dans tous les domaines de la vie sociale, en particulier les secteurs amoureux et professionnel, j'ai longtemps considéré que je n'avais pas droit à ce qui se fait de mieux. À cette discutable raison (dont il n'est pas certain que je sois complètement affranchi aujourd'hui) s'ajoute, dans l'*occasion* du zoo de Turin, une justification d'ordre moral : marié et père depuis à peine trois mois, avais-je le droit de m'embarquer déjà dans une aventure extra-conjugale avec une jeune personne apparemment en charge d'un enfant (qui toutefois pouvait être son jeune frère) ? Allais-je sacrifier un bonheur familial cisalpin pour un autre, transalpin, selon toute vraisemblance identique…? Dans ce dernier exemple, la tentation fut d'autant plus forte et le renoncement plus grand que l'*affaire* se trouva tout à coup beaucoup plus *engagée* qu'elle ne l'avait été dans les cas précédents, et bien plus que ne le laissaient prévoir les circonstances a priori peu favorables et tout à fait fortuites de *notre* rencontre. Qu'on en juge plutôt : *Elle*, son jeune fils (ou frère) et moi-même nous trouvons tout à fait par hasard regroupés au-dessus de la fosse aux tigres ! C'est alors qu'à la vue de ceux-ci le petit garçon, que sa jeune mère (ou grande sœur) tient d'une main s'empare de l'une des miennes de l'autre côté et forme ainsi entre *elle* et moi un chaînon aussi solide qu'inattendu !... un geste si spontané et innocent ne saurait être blâmé. La jeune mère (ou grande sœur ?) me sourit donc pour solliciter mon indulgence, mais peut-être aussi pour marquer un début de complicité entre nous deux ? Nous restâmes ainsi tous trois pendant quelques minutes main dans la main, jeune couple avec enfant, à regarder les tigres... (Que n'ai-je *disposé* en cet instant du don d'ubiquité prêté par Marcel Aymé à l'héroïne d'un de ses contes, "Sabine" ? Comme il eût été doux de pouvoir dédoubler le fil de ma vie et d'en suivre quelque temps les deux brins parallèles, même si tôt ou

47

tard l'un d'eux devait tourner court !) C'est alors que les mots ci-après me sont tombés de la bouche :

-J'ai un petit garçon comme lui à la maison, il s'appelle Christophe...

Cette phrase fatale m'est venue à l'esprit et sur les lèvres de façon si soudaine que je n'ai pu la retenir et lui substituer l'amorce verbale anodine qui s'imposait en pareil cas : « Vous avez un charmant petit garçon (*bambino*), ou peut-être est-ce votre petit frère…? ». La jeune femme s'en tint aux mots que j'avais réellement prononcés (en français), en saisit sans doute le sens et en tira les conséquences : elle rengaina son engageant sourire, enjoignit à son fils (ou frère) de libérer la main du monsieur (*signore*), après quoi ils se détachèrent de la fosse aux tigres, et de moi du même coup, pour gagner celle des ours.... Peu "collant" par nature, j'ai pris une autre direction et rejoint assez vite la sortie (j'avais un train à prendre de toutes façons le soir-même pour Paris). Ma vie s'en trouva donc ramenée d'un coup à sa simplicité première… Il est vrai qu'en termes d'existence réelle la *double vie* à cheval sur deux foyers, voire deux pays, si elle est viable au sommet de la hiérarchie sociale, cosmopolite par essence, l'est beaucoup moins à l'échelle d'un moyen fonctionnaire comme moi en début de carrière (même s'il lui est donné de se rendre à l'étranger tous les deux ans pour participer à un "Colloque inter-européen de Coordination des Services de Documentation de Pathologie Végétale")...

J'ai donc perdu de vue cette jeune italienne (ainsi que son jeune fils, ou frère ?) et n'y ai plus pensé du tout durant les semaines, les mois, voire les années qui ont suivi. De même, la jeune élégante du Luxembourg et la naïade des bords de l'Yonne se sont trouvées pendant longtemps ensevelies dans un trou noir a priori sans fond de ma mémoire - comme d'ailleurs beaucoup d'autres protagonistes de rencontres tout aussi fortuites et sans lendemain... D'où, plus tard, ma surprise de voir ces trois-là - et elles seules - revenir hanter mon souvenir une première fois, puis une deuxième, et d'innombrables fois par la suite, ensemble ou isolément. D'où aussi ces questions dérangeantes, auxquelles le contexte scientifique dans lequel je travaille quotidiennement me faisait jusqu'ici un devoir de trouver une réponse rationnelle... Pourquoi insistent-*elles* tant ? Que me veulent ces charmants spectres shakespeariens tant d'années après nos si brèves et si innocentes *entrevues* ? À quel titre ce privilège de récurrence dont elles bénéficient dans ma mémoire ? Purs hasards de ma circuiterie mnésique...? Répétons-le, des centaines, voire milliers de femmes aussi belles, sinon plus, ont depuis ma naissance croisé ma route, attiré mon regard, reçu de moi un bref hommage mental, sans pour autant sortir du statut précaire de leur première et unique apparition : une identification sans lendemain. Mieux encore, une bonne douzaine d'entre elles, ont bénéficié auprès de moi d'une relation de niveau supérieur (tête-à-tête ou face-à-face en bonne et due forme, suivis de plus ou moins nombreux *lendemains*) propre à inscrire durablement leurs traits dans mon souvenir, sans pour autant être en mesure et en droit de se faufiler au premier plan de ma conscience quand elles n'y sont pas convoquées. Qu'en est-il donc des trois exceptions ci-dessus ?

On connaît maintenant la peu orthodoxe réponse que

me souffle le démon de l'irrationnel à mes moments perdus : « En se *rappelant* ainsi à ton (bon) souvenir, les jeunes-femmes en question font *appel* du sort que tu leur a réservé en première instance. Non seulement elles étaient à ce moment-là *disponibles*, d'un point de vue sentimental (ce qui n'est pas toujours le cas dans la vie courante), mais par surcroît (et la chose est statistiquement plus rare encore) *disposées* par nature et culture à bien accueillir toute démarche que tu eusses osée auprès d'elles. Tout un éventail de facteurs favorables (affinités génétiques - *atomes crochus* -, état d'esprit, situation morale et sentimentale), prédestinaient ces jeunes personnes à réagir positivement à tes éventuelles avances, les plus convenues comme les plus gauches, et, moyennant quelques petits coups de pouce supplémentaires du destin, à entrer de plain-pied dans ta vie, à devenir en d'autres termes *femme(s) de ta vie* !… Elles n'attendaient qu'un signe de toi ! Tu n'avais qu'à lever le petit doigt ! La chose fut chaque fois "à deux doigts de se faire", si près de se *réaliser* qu'elle en a gardé quelque chose de réel, à savoir cette semi-réalité obsédante dont se drapent les fantômes et *revenants*, ce statut surnaturel qui permet à certaines personnes absentes d'affleurer furtivement mais périodiquement dans nos vies affectives… Rappelons ton hypothèse : en réapparaissant ainsi à intervalles plus ou moins réguliers, les spectresses shakespeariennes entendent te faire honte de ton irrésolution passée, te reprochent de les avoir laissées en plan sur le bord du chemin… »

J'ai toutefois peine à croire que ces potentielles *âmes sœurs* soient restées bien longtemps *âmes en peine* par ma faute. D'aussi belles créatures n'auront eu aucune peine à trouver leur bonheur hors de moi, comme je l'ai trouvé hors d'elles...

Il s'en est donc fallu d'un rien (une pointe d'audace de ma part) pour que *celle* rencontrée au jardin du Luxembourg, avant ma femme, ne *pré*occupe la place de cette dernière, ou que la turinoise rencontrée ultérieurement ne la chasse de cette place. Une ultime remarque avant de tourner la page : si j'étais entré en relations sérieuses avec l'ondine de l'Yonne *ou* la jeune femme du Luxembourg, l'une ou l'autre (la première exclusive de la seconde ?), ou chacune à son tour, aurait fait dévier le cours de ma vie de telle façon qu'ensuite j'aurais été privé de l'opportunité de rencontrer ma future femme, Josette, et a fortiori la turinoise, puisque je dois à l'INRA d'être allé à Turin, et à ma femme d'être entré à l'INRA ! On me suit ? Dans la vie, la moindre bifurcation en amont est susceptible de modifier tout l'itinéraire en aval...

S'agissant maintenant de ma femme "actuelle" (au sens anglais du mot anglais, par opposition aux compagnes *virtuelles* ci-dessus), il a fallu pas mal d'heureux hasards pour qu'entre elle et moi se noue un lien durable et stable. Au départ de nos vies respectives en deux points opposés de l'Île-de-France, les chances étaient statistiquement infimes qu'un jour nous fissions connaissance en plein cœur du Quartier Latin, lieu tout grouillant de conjoints potentiels. S'agissant ensuite des rendez-vous de consolidation de notre relation naissante et hésitante, il s'en fallut de peu en plusieurs occasions que l'un de nous ne s'y rende pas, ou y arrive trop tard... Il est un stade de l'engagement amoureux (ressenti à tort ou à raison comme capital) où le moindre grain de sable peut servir de prétexte "à tout planter là". Nous avions par exemple rendez-vous au Châtelet, *elle* et moi... Lassé de l'attendre, j'allais prendre le métro pour rejoindre mon domicile en lointaine banlieue-ouest quand *elle* a débarqué sur le quai d'en face, en provenance de l'est. Deux-trois secondes de plus et ma rame m'emportait avant que la sienne n'entre en gare ! Un tel ratage à ce stade critique avait toute chance (!) d'être définitif... Une autre fois, nous nous étions mal entendus sur le nom du café où devait avoir lieu, boulevard Saint-Germain, notre prochaine rencontre. Furieux l'un envers l'autre d'une longue et vaine attente chacun de son côté (elle au Danton, moi au Saint-Claude), et résolus cette fois à en finir pour de bon d'une liaison somme toute mal engagée), nous parcourions le dit boulevard en sens contraire et à grands pas, quand nous butâmes l'un dans l'autre à mi-chemin des deux cafés, et tombâmes dans les bras l'un de l'autre !... La complicité persistante du hasard en notre faveur avait de quoi impressionner, convenons-en ; elle a fini par lever nos dernières réticences et mutuelles incompréhensions. L'heureux concours de circonstances oriente le cours des évènements... L'on se sent comme poussés dans le dos l'un vers l'autre par une main amicale mais ferme... Il est vrai que dans l'autre sens, le Sort ne se prive pas de contrarier les projets les mieux engagés, d'empêcher les rencontres ou retrouvailles a priori les mieux programmées, dès lors que celles-ci, pour quelque raison, lui déplaisent - les Parques disposent pour cela d'un large éventail de bons et moins bons moyens, Christophe et moi en savons quelque chose...

Pour en revenir au point de départ de cette divagation, loin des champs de *Nicotiana tabacum* et hors des sentiers battus du sens commun, quelle est l'alternative ignorée de moi qu'entend me *rappeler*, au cœur même de ma vie professionnelle, cet autre souvenir récurrent, ou *revenant* dont j'ai parlé plus haut : la concentration de camions militaires dans le sud algérien, région d'Aflou, durant l'été 1956 ? Dans quelle *autre* voie aurait pu s'engager ma vie à ce carrefour routier en plein désert - si carrefour il y eût et si les Parques en avaient décidé ainsi ?

Je me revois très bien debout, lieutenant du 5ème GCP, "rappelé" en Algérie à l'initiative du socialiste Guy Mollet, piétinant et fumant cigarette sur cigarette à l'avant du GMC où sont embarqués *mes* hommes. En fait d'alternative, je ne me vois guère (rétrospectivement) prendre ici une initiative quelconque susceptible de réorienter ma vie de façon décisive, sinon celle moralement improbable et matériellement impossible de déserter mon camp ?... Je ne fais pas autre chose qu'attendre comme tout le bataillon l'ordre du départ afin de suivre comme un seul homme, mais sans grand enthousiasme à vrai dire, le mouvement opérationnel quand il se déclenchera... Se peut-il alors que le changement de destin "en puissance" à ce carrefour soit, non pas entre mes mains, mais dans celles d'un facteur extérieur, indépendant et ignoré de moi ? C'est l'intuition qui, à la longue, s'est imposée à mon esprit. Il se peut, par exemple, que du haut d'un piton voisin, un fellagha tireur d'élite me tienne en cet instant au bout de son fusil, dans sa ligne de mire, le doigt sur la détente. Je suis la mieux placée et la plus tentante des cibles qui s'offrent à lui (mes galons de lieutenant fraîchement nommé étincellent au soleil). Tirer ?

ne pas tirer ?... Au tout dernier moment, ses compagnons d'armes, et en particulier son chef de groupe, dissuadent le fellagha de faire feu. Notre troupe est jugée par eux beaucoup trop importante et redoutable pour être affrontée ; un engagement généralisé en plein jour (avec appui aérien de notre côté) tournerait vite à leur désavantage et aboutirait probablement à leur extermination totale. Le petit groupe de *rebelles* se résout donc à décrocher incognito au revers de la crête et disparaît dans la nature, se réservant pour une confrontation moins déséquilibrée. Nul n'a rien soupçonné de leur présence à portée de fusil, ni du danger mortel qui a pesé sur moi pendant quelques secondes...

Hypothèse à tirer de ces cas singuliers de récurrence mnésique : un champ de connaissance virtuelle existerait, où ce genre d'évènements, hautement probables (à un doigt de se produire) mais non réalisés, seraient enregistrés et accessibles, sous certaines conditions, via certains récepteurs plus ou moins atrophiés de notre psychisme (troisième œil). Cette scène d'attente guerrière qui revient me hanter périodiquement est rien moins que l'ultime image que j'aurais pu avoir enregistrée de ma vie en ce monde *si d'aventure*... Elle vaut d'être gardée en mémoire. Ainsi ma vie *actuelle* est-elle hantée par tout un éventail de vies *virtuelles* pleines de promesses, donc de regrets, mais aussi par des morts prématurées, plus ou moins brutales et accidentelles, qu'il est bon et miraculeux d'avoir pu éviter ? Pas plus qu'à tout autre mortel les occasions de mourir ne m'auront manqué en ce tronçon de vie déjà parcouru : accidents automobiles, accidents cardio-vasculaires, balles perdues ou intentionnelles, avalanches de pierres ou de neige, courants marins, crash aériens, déraillements ferroviaires, intoxications alimentaires, sables mouvants, électrocutions, ruptures d'anévrisme, explosions de gaz et autres causes statistiquement notoires de mort prématurée... Disons que celle *intuitionnée* et retenue dans mon souvenir algérien fut moins banale que la plupart des autres, et vraiment à *un doigt* de se réaliser : le doigt crispé du fellagha se retenant de presser la détente. Même irréalisé, un acte si capital a de quoi marquer toute une vie... Il se pourrait même que dans un certain contexte (un *référentiel* disent les scientifiques) toutes nos vies soient tracées à l'avance et à jamais : celle unique que nous aurons effectivement vécue (et que la mort transforme en destin !) ; celles alternatives que les circonstances ont mises un jour à notre portée, mais que nous avons négligées, laissées de côté de notre propre chef - ou que le sort a bien voulu nous épargner ; celles enfin, virtuelles, les plus nombreuses mais pas illimitées en nombre, qui s'offraient en principe à nous au départ de la vie, mais que les circonstances de celle-ci ne nous ont jamais permis de prendre en compte de façon sérieuse, fût-ce à titre d'alternatives... Il serait après tout normal que nous ayons une vague idée d'une telle réalité au travers des diverses fonctions *floues* de notre cerveau : intuition, prémonition, rêves, réminiscences, etc... Ces vues étranges me séduisent d'autant plus qu'elles s'accompagnent souvent dans mon esprit du lancinant dicton taoïste : *"Du fond des temps, depuis toujours, la flèche qui doit me transpercer est en route !"* Ce qui vaut aussi bien pour l'amour que pour la mort.

*

Cher Christophe,

Je ne t'ai pas écrit plus tôt, ou plutôt je n'ai pas réussi jusqu'ici à boucler une lettre à ton intention, à la mettre sous enveloppe, à la timbrer et la poster. Chaque fois la plume me tombe des mains en cours de rédaction, parfois à une ligne de la fin ; et cette fois, j'en ai peur, ne vaut pas mieux que toutes les précédentes... La ou les causes d'une telle inhibition ? Si je te dis "rédhibitoire", quelle image, quelle pensée te viennent aussitôt à l'esprit ?...

Inhibition, rédhibition… Quand j'entends prononcer le mot *rédhibitoire*, - bien moins courant aujourd'hui qu'il le fut hier -, je nous revois presque invariablement, Christophe et moi, cet après-midi-là, à la baignade publique d'Auxerre, où nous allâmes une ou deux fois en vélo pour nous changer d'horizon... Cette silhouette féminine impeccable jaillie de l'Yonne comme Vénus et passant avec une lenteur féline au plus près de nous en maillot blanc deux pièces ! Un sourire sur les lèvres à notre intention, une contenance et un port de reine à l'épreuve des regards les plus critiques, comme les plus lubriques... Cependant, dès qu'elle eut regagné sa place, essuyé son corps et son visage, remis sur son nez ses lunettes (non pas solaires mais correctives) pour lire son magazine, c'en fut fini à l'instant même de son attraction sur nous. Christophe et moi détournâmes nos regards, rengainâmes nos concupiscences à l'unisson. C'est à peine si le mot s'est formé sur nos lèvres, mais il était dans nos pensées : *rédhibitoire*… Verdict sans appel, cause entendue : double zéro pointé ! Curieusement, vers la même époque que *rédhibitoire*, un autre mot s'est insinué dans nos esprits de façon presque aussi soudaine, abusive et polyvalente, un mot qui, à l'usage, s'est révélé bien plus tenace, j'ai nommé *allergie*... Toutes espèces de répugnance, dégoût, intolérance d'ordre psychique aussi bien que physique, furent du jour au lendemain considérés comme phénomènes allergiques et désignés comme tels par un chacun, et le sont encore aujourd'hui (il fut même proposé un temps de remplacer le concept de paresse par celui d'allergie au travail). Comment a-t-on pu se passer de ce mot si longtemps...?! Et comment fera-t-on demain si, comme *rédhibitoire*, il vient à *passer de mode ?* Tout cela soit dit en passant... Non seulement le port des lunettes a cessé d'être rédhibitoire, mais le mot *rédhibitoire* lui-même n'est plus d'usage aussi courant qu'il l'était à l'époque où nous en abusions. Un sondage récent indique que 72 % des nouveaux bacheliers ignorent l'orthographe exacte de ce mot, que 66 % ignorent son sens précis, 52 % son sens approché, et 46 % son existence même ! Associé aux lunettes, *binoclard* ne se dit plus guère aujourd'hui, et c'est tant mieux pour les personnes, de plus en plus nombreuses, qui en portent. Notre incontrôlable, mystérieuse et quasi générale *allergie* masculine à l'encontre des *binoclardes* (non dénuée d'une occasionnelle compassion) me paraît aujourd'hui, avec le recul, plus que dépassée, monstrueuse et inexplicable ! Impossible en effet, quant à moi, de voir avec les yeux d'hier les visages à lunettes d'aujourd'hui. Hier, je n'aurais vu que les lunettes ; aujourd'hui, je ne vois que les visages. Et certaines jeunes personnes à lunettes de ce temps-là, hâtivement évaluées et rejetées sur ce seul critère, me reviennent en mémoire comme autant de regrets : par exemple cette superbe naïade jaillie de l'onde en maillot blanc deux pièces à la baignade publique d'Auxerre, un jour où Christophe et moi étions décidés à changer de plan d'eau...

...Passant tout près de nous au point de nous écla-bousser, elle suscita notre commune concupiscence. Mais à peine eut-elle rejoint sa place et remis ses lunettes sur son nez que le charme fut rompu ; nous détournâmes nos regards d'elle d'un même mouvement réprobateur, toi et moi... À noter, pour être objectif, que sur certaines photos de cette époque, en particulier celles de groupes, les rares lunettes portées par l'un ou l'autre personnage y brillent encore d'un drôle d'éclat qu'on ne voit plus sur les photos récentes. Faut-il mettre ce changement positif (?) au compte des progrès de la lunetterie, ou de la photographie ? Sans doute aussi est-ce dû au simple fait que les lunettes, beaucoup plus rares dans les clichés anciens, y paraissaient plus évidentes, nous sautaient-elles littéralement aux yeux ? Dans certains films amé-ricains des années cinquante, - souviens-toi - le seul être jeune à porter des lunettes est celui dont on veut signifier d'entrée qu'il est un intellectuel, une "tête d'œuf" comme disent les gens là-bas, un citoyen physiquement défa-vorisé, une sorte d'hydrocéphale ou plus exactement d'hypertrophié cérébral, ridicule et au départ peu sympa-thique dans le contexte US ; un anti-héros qui saura ce-pendant, grâce à ses concessions aux goûts du jour et au sens commun, grâce aussi à des qualités éthico-sociales révélées au fil du scénario, gagner peu à peu l'affection et le respect de tous, partenaires, réalisateur, specta-teurs... Dans l'ultime séquence, la "girlfriend" (qu'il a tant courtisée et fini par séduire) lui retire ses lunettes pour l'embrasser.

Tout ceci comme pour préparer Christophe à une éventuelle rencontre avec Josette, ma femme, porteuse de lunettes…?

*

Mon cher Christophe,

Voici bientôt dix ans que je passe chaque année en voiture par Joigny - RN6 oblige - pour me rendre avec ma petite famille, laquelle ne cesse de croître au fil des ans (t'étonnerai-je en t'apprenant que mon aîné s'appelle Christophe ?), en vacances sur la Côte d'Azur dans une villégiature appartenant aux parents de ma femme...

Notre entrée dans Joigny par l'avenue de Paris... sans intention sérieuse d'y faire étape pour rencontrer Christophe. J'ai cependant chaque fois envisagé (appréhendé, souhaité ?) que le hasard nous remît en présence l'un de l'autre - il n'en eût pas fallu beaucoup. Rencontre fortuite, moi au volant de ma voiture, *lui* à pied ou à bicyclette ; moi roulant le plus vite possible vers la Côte, lui se rendant très provincialement vers le centre-ville pour y faire ses courses. Si le hasard l'avait prescrit, je n'aurais pas manqué de m'arrêter ; j'aurais garé mon véhicule à l'instant même, fût-ce en infraction, sur la promenade des bords de l'Yonne et suspendu notre voyage en faveur de Christophe (j'entends d'ici les récriminations de ma petite famille !). Autant dire qu'une telle perspective, excitante en soi, ne m'enchantait guère d'un point de vue strictement chronométrique, car dès l'entrée de la Bourgogne nous étions invariablement en retard sur notre plan de route (ces embouteillages de plus en plus déments aux sorties de Paris !). Aussi traversais-je Joigny à chaque fois un peu plus tassé sur mon siège, le regard fixe et droit, les deux mains moites sur mon volant, la tête dans les épaules et retenant mon souffle. Une fois passé le pont sur l'Yonne et diminués les risques (!) de croiser la personne de Christophe, et repris quelque vitesse en direction d'Auxerre, j'éprouvais un soulagement réel mais lâche, entaché d'une traînée de regrets sur plusieurs dizaines de kilomètres. Comme tout ça est complexe et débilitant. Je ne sais pas d'épreuve plus mortelle pour l'unité mentale du moi que celle où l'on redoute autant qu'on souhaite la survenue d'un évènement déterminé, où les inconvénients et les avantages d'une échéance, ou d'une éventualité, se balancent et contrebalancent à un milligramme près dans nos cervelles en une interminable pesée... Redoutée plus que tout la séquence suivante, entièrement muette : nos regards se croisent à travers mon pare-brise assez longtemps pour que je saisisse dans les yeux de Christophe l'étincelle de reconnaissance, et plus que cela, une lueur d'intelligence indiquant qu'il a saisi dans les miens l'étincelle correspondante, à savoir que je l'ai, pour ma part, parfaitement identifié ! Or, c'est plus fort que moi : emporté, quoique avec lenteur, par le flux implacable et somnambulique des grandes migrations routières du 1er août, je ne peux arrêter ma voiture ; je poursuis mon trajet comme si de rien n'était... Dans cette séquence lente et poignante, d'une extrême précision visuelle mais - heureusement - jamais *réalisée*, l'image en pied de Christophe, après une courte éclipse dans l'angle mort du véhicule, réapparaît dans mon rétroviseur ; je *le* vois *se* retourner sur nous, incrédule, et nous suivre du regard, sidéré, jusqu'au pont, où nous disparaissons derrière le parapet... Une fois traversée l'Yonne, la chance (le risque) de le croiser s'amenuise considérablement, et une fois passé le restaurant des "Frères Godard" et pris la route d'Auxerre, je me détends tout à fait et reprends ma vitesse de croisière en direction du Sud... "Ce ne sera pas pour cette fois" me dis-je en un soupir où se mêlent, inextricables, le regret et le soulagement. Ma seconde femme, Henriette (comme du reste la première, Josette), connaît l'existence de Christophe et sait la place qu'occupe Joigny dans le premier quart de ma déjà longue vie. Curieusement, il est des fois où l'allusion de circonstance provient d'elle ("Tiens, Joigny. Tu crois que ton ami Christophe habite toujours ici ?"), d'autres fois où elle vient de moi ("Ah, Joigny ! le pays de Christophe"), mais jamais de nous deux conjointement. Le silence appuyé de l'un à l'évocation de ce nom par l'autre vise sans doute à bien signifier que, s'il convient socialement de signaler la chose au passage, il vaut mieux ne pas trop y insister, autrement dit ne pas souhaiter des retrouvailles fortuites, improvisées avec Christophe, car jugées inopportunes en pareilles circonstances : même de courte durée, un tel arrêt ferait dramatiquement chuter notre vitesse moyenne et nous empêcherait pratiquement d'atteindre la Côte d'Azur avant la nuit (perspective inenvisageable à cause des enfants en bas âge, deux déjà !)... Puis l'autoroute A6 a été mise en service. Un soulagement à maints égards considérable pour tous les automobilistes, plus de traversée urbaine avant Lyon... Passant désormais sans ralentir à plusieurs kilomètres au large de Joigny, je ne ressens plus ce malaise lancinant des années précédentes ; la rencontre avec Christophe impliquerait un détour et un arrêt, c'est-à-dire un choix délibéré de ma part ; il n'en est pas question, pas cette fois en tous cas ; une autre fois peut-être, sans doute, probablement...? De trajet en trajet et d'année en année, je ne manque jamais d'avoir une petite pensée à l'adresse de Christophe en passant à hauteur de Joigny, à l'aller comme au retour. Les oreilles ont dû lui siffler maintes fois... Mieux encore, il est devenu rituel pour moi de tourner militairement la tête, à défaut de mon corps et de mon volant, vers le panneau de sortie de l'autoroute A6 indiquant "Joigny 13 km", et de me jurer au passage, avec une conviction d'acier, que j'emprunterai cette bretelle de sortie un jour ou l'autre, quand les circonstances enfin s'y prêteront, quand la vie sera un peu moins pressante, moins stressante... C'est fou ce que la voiture et la vie sont difficiles à maîtriser une fois lancées à plein régime, entre la trentaine et la soixantaine…! comme elles nous rendent dociles aux impératifs du flux collectif (direction, vitesse moyenne, etc...) ! comme elles nous font considérer le moindre freinage individuel, le moindre écart personnel comme...

*

Cher Christophe,
    Je viens d'apprendre par les médias que le centre historique de Joigny, y compris la maison du boucher avec "l'Arbre de Jessé", avait été détruit par l'explosion d'une bouteille de gaz. Quelle catastrophe ! Qu'en est-il exactement...?

Cher Christophe,

Je ne t'ai pas écrit plus tôt, et sans doute ne l'aurais-je jamais fait s'il n'y avait eu, la nuit dernière, ce rêve à ton sujet qui m'a beaucoup impressionné. Les rêves sont parfois supérieurs à la mémoire pour ce qui est de raviver des plaies ou des plaisirs anciens, ressusciter des êtres, des sites, des faits perdus dans les lointains du temps ou de l'espace...

Nous descendons le cours de l'Yonne, ma femme et moi. L'épisode a ceci d'un peu singulier (rêve oblige) qu'*elle* descend le fleuve en marchant sur la berge tandis que je me laisse aller en barque au fil de l'eau. Elle trottinant parfois et moi m'abstenant de ramer, nous progressons à même allure et restons donc sensiblement à même hauteur... Il est possible et même probable qu'embarqués tous deux au départ nous nous sommes fâchés et séparés en amont. Ai-je fait tanguer l'esquif pour l'effrayer (elle ne sait pas nager), ou l'ai-je trop éclaboussée à coups de rame intentionnels, ou maladroits quand elle était à bord ? Toujours est-il qu'elle a quitté ma barque et continue à pied... Je sais toutefois qu'elle ne souhaite pas (pas plus que moi d'ailleurs) voir nos chemins diverger de façon irrémédiable. Le cours de l'Yonne est ici le symbole évident de celui du Temps, ou Cours de la Vie...

Elle donc à pied et moi glissant lentement sur l'eau parvenons à présent à l'une de ces grandes boucles étales en aval de Joigny où le courant du fleuve se fait si paresseux qu'il devient plus rapide d'avancer en marchant sur la berge d'un pas normal, voire lent, qu'en se laissant aller au fil du courant. D'où bientôt une avance sensible de ma femme sur moi. La partie du fleuve empruntée dans ce rêve n'a pas grand-chose à *voir* avec tel méandre que j'aurais connu "en réalité", mais il est *entendu* dès le début du rêve qu'il s'agit bien de l'Yonne et que l'épisode se situe en dessous du barrage d'Épizy, en amont de Cézy. Et cette certitude intime, qu'aucun semblant de réalité ne fonde ni ne dément, ne va plus me quitter de tout le rêve - et même au-delà... Ainsi ma femme à pied a pris plusieurs longueurs d'avance sur mon embarcation. C'est ici qu'entrent *en jeu* d'autres singularités tout à fait propres aux rêves ; des règles et contraintes qui, à l'état de veille, sembleraient absurdes, par exemple l'obligation qui m'est faite de ne jamais donner le moindre coup de rame (ou de pagaie), sinon pour maintenir ma progression au milieu du fleuve, éviter l'échouage dans une anse de la berge et l'*enkystage* dans une touffe de roseaux ou de joncs. Sur la berge, ma compagne est tenue pour sa part de ne pas s'arrêter pour m'attendre, ni a fortiori revenir sur ses pas, réglant donc sa vitesse sur la mienne, c'est-à-dire celle de l'écoulement fluvial... Telles sont en gros les règles de bon déroulement du présent rêve, à peine plus arbitraires (réflexion faite) que celles qui, à l'état de veille, régissent nos vies dans le domaine du jeu, du sport et des activités socioprofessionnelles (ou même amoureuses)… De fait, si l'on peut trouver singulière l'interdiction qui m'est faite de ramer pour pallier les insuffisances du courant et combler mon retard sur ma femme, en revanche la ligne de conduite imposée à celle-ci n'est pas très éloignée, en termes de psychologie conjugale, de ce qu'elle pourrait être dans la réalité, étant donné l'état actuel, tendu, de nos relations. Sans même envisager la démarche humiliante d'un retour en arrière, un arrêt complet afin que je revienne à sa hauteur marquerait de sa part un désir de réconciliation trop rapide et unilatéral pour être vraisemblable et/ou raisonnable... D'où cette première difficulté de la journée : son avance sur moi n'a cessé de croître et doit être corrigée d'une manière ou d'une autre, sans trop enfreindre le règlement... Et cette capacité que possède le rêve de pouvoir improviser sans cesse m'offre une fois de plus la solution. Un raccourci fluvial se présente sur ma droite, que je vais pouvoir emprunter et, ce faisant, rattraper ma femme... Je l'en informe avant qu'*elle* ne se trouve hors de portée de mes cordes vocales : « nous nous retrouverons en aval ! ». Elle acquiesce du chef sans même se retourner... S'offre donc à moi, à tribord, un bief ou chenal de dérivation que je connais bien : il coupe la boucle de l'Yonne en ligne droite, à travers champs et peut me faire gagner plusieurs centaines de mètres, voire un bon kilomètre par rapport au trajet sinueux que suit ma femme sur la rive gauche du fleuve. C'est une évidence géométrique... Est-il besoin de souligner le caractère très symbolique que prend ici l'alternative du bief ? Je m'y engage à petits coups de rame savants mais non propulseurs, ne trichons pas. Je compte sur la vitesse acquise par mon embarcation au plus fort du courant fluvial pour parcourir d'une traite cette étroite et courte voie d'eau qui en elle-même paraît plutôt dormante, mais dont le tracé rectiligne doit me rendre la navigation aisée... Hélas, il n'en est rien : des herbes aquatiques, plus abondantes que prévu en cette fin d'un été plutôt sec, obstruent l'entrée du bief avec pour effet immédiat de freiner la coque de ma barque, un freinage qu'accroît l'étiage bas du fleuve. En fait de rattrapage, vais-je me trouver bientôt coincé ? Me reviennent en mémoire un certain nombre d'exemples fâcheux de raccourcis (pédestres, routiers, ou ferroviaires) pris en toute confiance au cours de ma vie, qui, à l'usage, se sont avérés être au mieux des fourvoiements, au pire des cul-de-sac et m'ont fait regretter bientôt d'avoir quitté l'axe principal. Des séquences de films cauchemardesques viennent aussi souligner la chose et me font redouter le pire... Sur sa lancée, ma barque écarte encore du nez un ou deux paquets d'herbes obstructives, puis se trouve complètement bloquée par une touffe d'ajoncs !

-Tu as vu "African Queen" ? m'interpelle alors de la berge une voix invisible et pourtant familière.

-Ah ça, *Christophe* ! dis-je en découvrant son visage à droite entre deux tiges de roseaux. Qu'est-ce que tu fous dans ces parages inhospitaliers ?

Il possède, m'explique-t-il, un petit cabanon de villégiature ici même, où il passe ses vacances d'été et de nombreux week-end.

-On peut dire que tu tombes à pic ! dis-je à mon ami d'enfance... Tu vas me tirer de ce mauvais pas ("mauvaise passe") en poussant ma barque du bout du pied, de manière à la relancer dans le sens du chenal. Que je me sorte vite de ce piège herbu et reprenne ma navigation en aval...

-Comment, tu repars déjà ? dit-il visiblement déçu

(croyant sans doute que je venais lui rendre visite).

-Il le faut...

Ravi certes de revoir Christophe, compagnon de mes vacances estivales d'autrefois, il n'est pas question pour autant d'interrompre mon périple conjugal... Le retard pris sur ma compagne doit être déjà considérable !

-Dégage ma barque, veux-tu, Christophe, afin que je puisse *la* rejoindre plus bas, à hauteur de Cézy. Je te promets de revenir ici bientôt avec elle, afin que nous puissions deviser tous les trois à loisir de vive voix, évoquer nos baignades et parties de pêche d'autrefois ; ce n'est que partie remise. Maintenant qu'entre nous le fil est renoué, le contact rétabli., maintenant que je sais où te retrouver, vieux Robinson planqué des basses terres de l'Yonne !

-Tu a vu "African Queen" ? réitère-t-il en se rapprochant du bord.

-Je l'ai vu...

-L'une des grandes scènes du film : le moment où les deux héros, Hepburn et Bogart, à bord de leur petit vapeur, l'"African Queen", croient enfin déboucher sur le lac Victoria, mais se trouvent en réalité empêtrés de façon inextricable dans la végétation d'un des multiples bras du fleuve...?

-Bogart est bouffé par les sangsues, je crois ?

-Exactement, ce n'est pas le cas ici. Mais sache qu'en aval, où tu espères passer avec ta barque, le chenal est bien plus obstrué et impraticable qu'en cet endroit, plus même que dans le film ! Ce bief que tu as emprunté n'est navigable, tu l'as sans doute oublié, qu'en périodes de hautes eaux. Tu t'es fourvoyé, mon pauvre vieux. Tu vas devoir attendre, non pas un jour ou une semaine, mais une saison entière - non pas un hypothétique orage d'été, mais les grosses pluies d'automne, autant dire un bon trimestre - avant de pouvoir repartir. Autant en profiter pour passer quelques temps ici en *notre* compagnie ?

-Vraiment...?

Je ne peux m'y résoudre. À défaut du coup de main (ou coup de pied) que Christophe semble *ne pas* vouloir me donner, et puisqu'il ne m'est pas possible (et d'ailleurs interdit) de ramer, ou même d'utiliser mes avirons en guise de gaffes pour débloquer la situation, je me résous à une ultime manœuvre, qu'autorisent le règlement onirique, mais aussi l'étroitesse du bief : toucher ses deux berges à la fois à bout de bras, tendre ceux-ci de part et d'autre de mon buste ("en croix"), empoigner une touffe d'herbes de chaque côté et, tirant vigoureusement dessus, ébranler ma barque... Ainsi, par tractions répétées de l'avant vers l'arrière, réussis-je à la faire avancer de plusieurs centimètres - d'une façon, il est vrai, très pénible, peu rapide et peu élégante, mais qui ne contrevient pas (autant que je sache) aux règles universelles régissant le cours de la vie... Christophe me suit du bord, d'un pas lent et d'un air goguenard, qui se veut cependant fraternel :

-Tu vois bien, peine perdue ! me dit-il au bout d'un moment, tandis qu'à bout de forces et sentant le fond de ma barque racler le lit du bief, je baisse les bras et la laisse bloquée au milieu d'une végétation devenue en effet inextricable.

-Je te présente Janine, me dit Christophe en m'aidant à mettre pied à terre.

-Enchanté !

-Ravie de vous connaître, dit la jeune femme. Christophe m'a si souvent parlé de vous ! « Pour ramener dans les parages mon vieil ami d'enfance » me disait-il hier encore, « il faudrait un sacré détour de la vie ! »

-Disons plutôt un raccourci, dis-je.

-Un raccourci qui s'avère un détour, corrige Christophe.

-Et votre femme ? s'enquiert sa compagne. Qu'en avez-vous fait ?

J'essaie de justifier notre séparation en termes de technique fluviale plus que de différend conjugal, tout en cherchant un point d'attache solide pour amarrer ma barque.

-Te fatigue pas, me dit Christophe. Elle est bloquée par en-dessous pour un bon bout de temps. La vase fait ventouse…

Je m'installe donc chez mes amis en attendant la pluie et la future montée libératrice (?) des eaux. La pensée de ma femme errant seule le long du fleuve à ma recherche, (elle m'a sans doute guetté à la sortie du bief ? peut-être même, au mépris des convenances, est-elle remontée d'un hectomètre jusqu'à l'entrée de celui-ci, là où j'ai disparu) hante quelque temps mon esprit et me gâte le plaisir de mes retrouvailles avec Christophe et d'un flirt tout platonique avec sa femme, Janine... Me reviennent parfois la nuit, dans mes rêves, des images poignantes de mon épouse assise au bord du fleuve, là-bas, le regard fixe pendant des heures au ras de l'eau, ou errant sur la berge d'amont en aval, d'aval en amont, en un va-et-vient incessant et dément, qui n'est pas sans rappeler celui d'une femme de pêcheur breton rendue folle par la disparition en mer de son époux ! J'entrevois même, une ou deux fois, son corps gonflé au fil de l'eau ! Puis ces images vivaces s'estompent avec le temps qui passe, avec le fleuve qui coule au loin ; le remord se dissout de façon irréversible dans ma circulation sanguine...

Une nuit d'orage, de grosses gouttes martelant la toiture en tôle et le sol asséché tout autour de la maison me réveillent en sursaut. Profiter de l'occasion ? me précipiter dehors, courir à travers les roseaux jusqu'au bief et sauter dans ma barque avant qu'elle ne soit entraînée par la montée des eaux ? Les éclairs nocturnes me dissuadent de mettre le nez dehors ; et la pluie s'arrête avant que j'aie pu me convaincre de mettre à exécution mon projet de réembarquement et de reprise de mon périple au fil de l'eau. Je me rendors d'un très mauvais sommeil... Cette même nuit, vers quatre heures du matin, se produisent conjointement une incroyable descente d'air arctique et une remontée d'air antarctique jusqu'à nos latitudes, qui fait chuter de plus de quinze degrés en moins d'une heure la température extérieure, l'amenant en-dessous de zéro ! Au lever du soleil, tout est givré. Je me fraye quand même un chemin à travers une végétation cassante comme le verre. Dans un premier temps (pluvieux), la montée des eaux a dû soulever ma barque de plusieurs décimètres, l'a décollée du fond vaseux, et le courant n'a pas tardé à l'emporter ; mais à peine une dizaine de mètres plus loin, le coup de froid brutal en provenance des deux pôles, l'a figée sur place sur un socle de glace, juste au moment où elle allait filer entre deux touffes de joncs... (Ma barque fait visiblement figure ici de symbole psychanalytique : celui de ma réalité physique ; un habitacle organique avec lequel je dois faire corps ma vie durant ; capsule, scaphandre, ou vaisseau "monautistique", que je ne peux abandonner sous peine de perdre la vie ! Il me sert à descendre individuellement le fleuve du temps. Notre *assujettissement* est mutuel, réciproque)...

L'hiver s'est installé. Je reviendrai jour après jour m'asseoir sur le talus du bief, contempler ma barque immobilisée au milieu de roseaux et de joncs aussi roides qu'elle, à perte de vue. Entre temps et sans crier gare, Janine et Christophe auront quitté les lieux pour prendre au centre-ville de Joigny leurs habituels quartiers d'hiver. Tirant parti de mon obligation de rester ici, à proximité de ma barque, ils m'auront confié la garde et l'entretien de leur petite villégiature d'été jusqu'au retour de la belle saison, espérant que ma seule présence dans leurs murs de fortune dissuadera les ragondins d'y établir leur logis hivernal, comme ils l'ont fait dommageablement l'an passé... Et le jour du dégel, j'arriverai trop tard ! Un radoucissement nocturne, aussi brusque que le refroidissement d'il y a trois mois, aura libéré les eaux du bief juste avant l'aube entraînant ma barque au loin.

*

Cher Christophe,

Sans doute as-tu noté comme moi combien, hélas, était devenue brunâtre et opaque au fil des ans l'eau de nos grands fleuves, de nos moyennes rivières et de nos plus petits ruisseaux ; autrefois, elle était tout bonnement de couleur vert d'eau et d'une limpidité d'ensemble acceptable, variable avec sa profondeur, ou la turbulence de sa surface...

L'autre jour, au bord de l'Yonne, ayant lancé un bout de pain à un canard qui, déjà gavé, n'en voulut pas et s'envola, j'observai bientôt alentour du morceau flottant les remous voraces d'un poisson de bonne taille. Je ne pus cependant discerner ses contours, ni a fortiori en déterminer l'espèce, ni même en percevoir le moindre reflet ; j'ai déduit sa grande taille de la force des remous qu'il occasionnait en surface. Un poisson invisible à fleur d'eau ? N'est-ce pas le signe d'une turbidité anormale, inconnue, inconcevable à l'époque de nos parties de pêche...? Or, la plupart des gens de notre âge à qui j'en fais la remarque me disent n'avoir pas noté une telle différence de qualité entre l'eau d'hier et celle d'aujourd'hui, tandis que les plus jeunes mettent en doute, comme il se doit, la validité de mes comparaisons hydriques à plusieurs décennies d'intervalle. La vérité est qu'ils s'en foutent... De rares personnes intéressées et compétentes en la matière admettent qu'il y a eu changement notable dans la limpidité moyenne de nos eaux courantes et stagnantes (l'océan mis à part) au fil des ans, mais elles prétendent qu'il n'y a pas là de quoi se désoler, ni s'inquiéter outre mesure, que ce jus de chique uniforme, plus ou moins brunâtre ou kaki, qui, de nos jours, irrigue en totalité les veines et artères de notre bassin hydrographique et vient s'accumuler dans nos plans d'eau, n'est pas si pollué qu'il en a l'air, que les poissons y vivent aussi bien et heureux qu'autrefois (sauf chaleur excessive en été qui, parfois, les prive d'oxygène), que tout cela résulte nécessairement et simplement d'une plus grande richesse de l'eau en composés chimiques d'origine agricole (phosphates et nitrates par exemple), épandus dans les champs de façon un peu trop généreuse, certes, mais bénéfique en terme de productivité ; des composés qui, en partie lessivés par l'eau de pluie puis entraînés par le ruissellement naturel de surface jusqu'aux rivières, sont tout à fait inoffensifs si le renouvellement hydrique est régulier, c'est-à-dire s'il pleut suffisamment. Ce qui n'a pas été toujours le cas, bien sûr, au cours de ces trente dernières années...

Mais il n'y a pas que ça. Sans doute a-t-on noté comme moi l'altération intervenue au fil des ans à l'encontre de cet autre élément qu'est le flux du langage : des mots ont cessé d'être courants, d'autres le sont devenus. Ainsi fluctue le cours du temps. "L'Yonne à Joigny"... Combien de fois ai-je tendu la perche, ou plutôt la baguette de ces deux noms magiques à des personnes de rencontre qui déclaraient être passées par là et me semblaient dignes d'une certaine complicité :

-L'Yonne à Joigny, cela ne vous dit rien ?

Cela ne leur faisait ni chaud ni froid. Il se peut même que les joviniens d'aujourd'hui n'entendent plus le nom de leur ville et de son fleuve exactement comme nous l'entendîmes dans les années quarante-cinquante, Christophe et moi. S'il est vrai qu'on ne s'y baigne plus et qu'on n'y prend plus guère de poissons, l'Yonne ne doit plus dire grand-chose - ou plus la même chose qu'à nous - à ses riverains actuels, permanents ou occasionnels. L'on y parle aujourd'hui très probablement le langage du nautisme de plaisance : *planche à voile*, *pédalo*, *pénichettes*, *house-boats*, et autres *locaboats*... inexistants de notre temps. *Barques* et *pontons* de pêcheurs imposaient leur présence exclusive et uniforme au fil de l'eau (peu ou pas de navigation fluviale sur l'Yonne à cette époque). Le *canoë* en bois offert à Christophe par son oncle constitua ici une première intrusion exotique... *Barrage, Baignade, Grand Saule, Abreuvoir, Chemin de halage*, etc... Henriette, ma femme, pourtant sensible aux choses du verbe, n'a jamais rien trouvé que de très banal dans cette litanie que je lui chante de temps à autre. Pour le commun des mortels, ce ne sont là que noms communs ; pour nous (du moins pour moi et, je l'espère, encore pour Christophe) ce sont de véritables noms propres. Tout cela pour suggérer, en paraphrasant le vieil Héraclite, qu'on ne se baigne jamais deux fois exactement dans le même flux de mots... Force est de constater en effet (et non sans regrets ?) que la composition verbale du milieu où nous baignons et évoluons s'est sensiblement modifiée en un peu plus d'un quart de siècle. Des mots anciens ont disparu ; des mots nouveaux sont apparus ; quantité d'autres mots, sans cesser d'être présents, se sont sémantiquement enrichis ou appauvris, ont peu ou prou changé de sens, ou encore, ont vu leur valeur d'usage, leur notoriété, croître ou décroître au fil du temps. Quelques exemples, pris au hasard, de ces profonds et pourtant peu tangibles changements de notre environnement verbal, dans l'ordre où ils me viennent à l'esprit : *épatant* n'est plus aussi épatant qu'il le fut de notre temps ; *hexagone* a connu un glissement de sens (métonymie) tout à fait curieux ; *TSF*, *pick-up*, *binoclard*, autrefois d'usage très courant, sont tombés aujourd'hui en désuétude, sinon dans l'oubli total ; *allergie* est passée d'un sens propre très circonscrit à un sens figuré très large et s'y est jusqu'ici maintenu ; *rédhibitoire*, un temps promu au grade de qualificatif généraliste (et approximatif), est bientôt rentré dans le rang de l'usage restrictif, obscur, quasi professionnel ; *star*, jadis réservé à de rares et authentiques *étoiles* du cinéma, a chipé la vedette au mot *vedette*, l'a relégué aux oubliettes, et s'est vautré depuis dans les usages les plus communs, les plus vulgaires, les plus frelatés ; *sophistiqué*, *versatile*, *conventionnel*, ont pratiquement perdu le sens originel (conventionnel !) qu'ils avaient en français pour prendre celui, plus actuel, de leurs homologues anglais ou américains ; *laser*, *enzyme*, *interféron*, *VTT*, *ULM*, *DVD*, *ordinateur*, *magnétoscope*, *camescope*, *smartphone*, *sanibroyeur*, *déchèterie* (ou *déchetterie*) et autres mots nouveaux, sont venus se plaquer, le plus simplement du monde, comme autant d'étiquettes sur des réalités concrètes nouvelles, à mesure que celles-ci apparaissaient ; etc... etc... Quelques *mots* enfin sont sortis de la boîte à outils du langage sans *motif*

76

apparent (*i.e.* sans justification, ni application plausibles) et se sont infiltrés dans notre parler de tous les jours comme de véritables tics. Je songe ici à l'un des tout derniers en date (1980) et des moins contournables de nos néologismes à la mode, le mot *incontournable* soi-même ! Et pourtant le plus contestable de tous quant au message véhiculé... Comme si ce mot correspondait à une quelconque réalité physique ou morale ? Comme si le temps, qui a l'éternité devant lui, n'était pas capable *à la longue* de contourner, retourner, ou mieux encore dissoudre en son sein, réduire à néant, tout obstacle aussi bien matériel que spirituel qui se met en travers de son cours ? Quand on pense, par exemple, que marxisme et freudisme s'autodéclaraient *incontournables* il y a un demi-siècle à peine ! Mettons la création d'*incontournable* au compte d'un préfixe (*in-*) particulièrement prolifique, étourdi ou inconséquent ; comment se fait-il alors qu'*invécu*, de même formation, ne se dise toujours pas ? L'invécu n'est-il pas pour nous, beaucoup plus que l'incontournable, une réalité de tous les instant et de toutes parts ? Sa conceptualisation en un mot simple ne nous permettrait-elle pas de mieux cerner, par antonymie, cette autre réalité qui nous concerne au premier chef, le vécu ? L'émergence inutile d'*incontournable* et l'absence aussi prolongée qu'injustifiée d'*invécu* restent pour moi un très grand mystère... Mais revenons au mot *rédhibitoire*. D'un emploi très (trop) courant dans notre jeunesse, ce mot est rentré dans le rang de l'usage spécifique et restrictif. Un récent sondage indique que 82 % des nouveaux bacheliers ignorent l'orthographe exacte de ce mot, que 76 % ignorent son sens précis, 62 % son sens approché, et 56 % son existence même ! Comme quoi le niveau scolaire... Or, nous avons été élevés tous deux, Christophe et moi, et tous ceux de notre âge, sous le signe du zéro pointé : la condamnation péremptoire, sans appel, l'examen éliminatoire, le défaut, l'empêchement, l'échec rédhibitoires !? De nos jours, on parle plutôt de *handicap* (physique, psychique, scolaire, social, culturel, etc...), et ce mot a des résonances plutôt positives ; il inspire la compassion immédiate ; il se veut passager ; il appelle tout un éventail de remèdes et d'aides. Autre temps, autre mentalité. Qui s'en plaindra ?

*

Cher Christophe,
Il m'arrive de penser sérieusement (cela t'étonne ?) que la dérive terminologique à laquelle nous assistons, et la dérive sémantique, donc idéologique, qui l'accompagne, s'inscrivent le plus naturellement du monde dans le même flux universel du Temps dont parle Héraclite. Celui-ci (le fleuve, pas Héraclite) charrie pêle-mêle des réalités reconnues matérielles - objets, êtres, évènements... - qui constituent notre cadre de vie proprement dit (on dirait plutôt aujourd'hui notre environnement), et celles - apparemment moins matérielles, mais tout aussi (sinon plus) déterminantes en termes de vécu - que sont les courants de pensées, les humeurs, les mentalités, les sensibilités, les engouements, goûts et dégoûts, les idéaux et autres critères plus ou moins fluctuants de notre évaluation éthique et esthétique - et tout le vocabulaire afférent (mots clés, mots d'ordre, mots de passe, etc...) Tout cela soit dit en passant...
.

À chaque époque ses mots, ses modes et mœurs, sa batterie de valeurs plus ou moins pérennes, son jeu complet de préjugés et critères éthico-esthétiques au nom et au moyen desquels tout un chacun peut opérer un premier tri superficiel, machinal et arbitraire dans la profusion des réalités de tous ordres qui se présentent à lui et le pressent de toutes parts. Tenaces et sans appel sur le moment et en un lieu donné, mais facilement remis en cause voire inversés en passant d'une époque à la suivante et/ou d'un lieu dans un autre, ces critères sélectifs s'accompagnent de tout un vocabulaire spécifique, appelé lui-même à tomber en disgrâce, ou en désuétude. (Je songe ici aux mots *bigleux* et *binoclard*, qui n'ont plus guère de raison d'être depuis que les lunettes sont si bien acceptées socialement et qu'on en fait de si jolies). Quelques exemples de transmutation de valeurs qui me viennent à l'esprit et que Christophe a dû noter comme moi au fil du temps : le tabagisme, habitude autrefois non seulement acceptable mais jugée positive du point de vue social (calumet de la paix) et cinématographiquement si esthétique (Humphrey Bogart), aujourd'hui acte jugé tout à fait malpropre, antisocial et honteux ; à l'inverse, l'*addiction* (anglicisme) aux jeux de hasard et en particulier aux courses de chevaux, hier un vice individuel toléré mais blâmable et pudiquement dissimulé en milieu bourgeois, aujourd'hui un acte de routine collectif et même une vertueuse activité nationale vivement encouragée par la race chevaline et célébrée par tous les médias. Autre exemple : c'était un abus condamnable hier que d'aller au spectacle, et en particulier au cinéma, plus d'une fois par semaine, surtout dans les classes laborieuses. Cela faisait frivole, pas sérieux. À Joigny même, en plein été, le cinéma n'affichait pas plus d'un programme hebdomadaire, et pas toujours assez relevé à nos yeux pour nous induire en tentation... Il n'est plus fixé aujourd'hui la moindre limite morale à la surconsommation individuelle ou familiale de spectacles en tous genres, en salles, en stades et/ou à la télévision, toutes classes sociales et âges confondus. Tout au plus quelques pédiatres ou pédagogues archaïques et grincheux osent-ils encore avancer l'hypothèse controversée d'un effet cérébral néfaste provoqué par l'abus de spectacles à la veille d'un retour en classe, par exemple le dimanche soir ("deux films, ce soir, sinon rien") chez nos plus jeunes enfants. Ainsi donc, vices hier, vertus aujourd'hui, et inversement. On pourrait multiplier les exemples de pareils changements, aussi bien dans le sens positif que négatif - ou jugés tels selon les points de vue, individuels ou collectifs, et en fonction des circonstances. Passons sans insister (il y faudrait cent pages de développements socio-économiques, et sans doute polémiques) sur cette quasi sacralisation de l'activité humaine salariée intervenue chez nous en moins d'un demi-siècle à la faveur d'un simple changement de nom, *travail* devenant *emploi*. Hier, un *mal* nécessaire, voire une malédiction ("tu gagneras ton pain à la sueur de ton front") ; aujourd'hui, un *bien* rare et précieux, une sorte de bénédiction ("heureux les fonctionnaires, car ils ont la garantie de l'emploi")...

Mais revenons à nos rédhibitoires lunettes, ce double zéro pointé dont étaient notés autrefois ceux qui les portaient. Elles sont toujours jugées aussi gênantes par leurs porteurs, mais sont devenues pour eux, grâce à Lissac, Krys, Afflelou et quelques autres, mais surtout grâce aux médias, un véritable atout de séduction. Et c'est très bien ainsi. Il serait temps que d'autres prothèses - par exemple auditives (j'en porte une depuis peu) - soient elles aussi promues au rang de parures et considérées, en sus de leur fonctionnalité, comme de véritables atours de la figure humaine, une variété de boucles d'oreille... L'important (?) est de souligner à quel point les critères de l'esthétique, comme de l'éthique, naturelle ou artificielle, sont arbitraires et changeants d'une époque à l'autre, sont déterminés par l'état du milieu via les médias (donc accompagnés de certains *mots d'ordre*, *mots clés*, etc...), combien ils sont peu fiables pour les gens qui s'y réfèrent et peuvent être regrettables pour les personnes qui, sur le moment, ont à en subir, non les bénéfices, mais les rigueurs capricieuses.

*

Cher Christophe,
Sans doute te souviens-tu encore de mes cheveux ? Ce double épi de crins noirs et drus parfaitement incoiffables qui faisait mon désespoir et celui des coiffeurs ? Je ne crois pas forcer la vérité de ce temps-là en affirmant que la seule vue de ma chevelure hirsute et indomptable ôtait à la plupart des filles l'envie de s'afficher avec moi dans un contexte amoureux.

-Ton copain a de beaux yeux – confiaient à Christophe les jeunes filles que nous fréquentions - mais ses cheveux sont vraiment *impossibles* !
Or, je constate aujourd'hui, moins d'un demi-siècle plus tard, que ces cheveux si mal plantés qui firent mon désespoir (et qui sont tombés de mon crâne depuis) constituent

désormais (grâce à certains *spots* publicitaires récents) un trait physique masculin non seulement bien accepté mais véritablement attractif et présentement très recherché des filles, à ce point que les nombreux garçons qui n'en sont pas dotés de façon naturelle n'hésitent pas à recourir à toutes sortes d'artifices (notamment des gels poisseux) pour les maintenir ainsi dressés en touffes indociles sur leurs têtes. Ironie du sort fortuite ou délibérée ? Sans pousser le délire de persécution jusqu'à penser que les Parques ont opéré un tel changement exprès, pour m'embêter personnellement et exciter ma rancœur, je constate que ces modifications de plus en plus rapides, brutales et radicales des critères de l'évaluation *physique* - et plus généralement, de ceux du laid et du beau, du bien et du mal, etc... -, que nous observons à la charnière des vingt et vingt et unième siècles, ont pour effet d'induire chez ceux (la plupart d'entre nous) qui y sont soumis, de gré ou de force, - qu'ils en pâtissent ou en bénéficient -, des secousses morales, intellectuelles et affectives aux conséquences imprévisibles et probablement néfastes... Qu'elles soient *bien* ou *mal* prises, affectées par chacun du signe *plus* ou du signe *moins*, ces transmutations pourraient bien, par leur soudaineté et leur fréquence sans cesse accrues, exercer à la longue sur le grand corps social dans son ensemble, sous toutes les latitudes et longitudes - et en particulier chez nous, Occidentaux hypermédiatisés - un effet globalement déstabilisateur ! Comment ne pas ranger aussi dans cette accentuation-accélération des contrastes temporels les caprices du temps météorologique ? ces écarts thermiques de plus en plus grands et rapprochés que nous subissons aujourd'hui, ces tristes records de chaud et de froid quotidiennement battus, ces sécheresses et inondations successives et excessives (trop extrêmes pour s'équilibrer), cette instabilité chronique des masses d'air si préjudiciable à notre santé physique et mentale ? Quand on songe, par comparaison, aux *temps de saison* d'autrefois - en particulier au beau fixe de nos vacances d'été -, à ces glissements graduels, tempérés, presque insensibles d'une période de temps stable à l'autre (à deux trois orages près)... Force est de constater que, de nos jours, les caprices de la météo et ceux d'une mode de plus en plus universelle et tyrannique, quoique erratique, se font de plus en plus fantasques et rapprochés, induisant dans tous les domaines des sautes ou inversions brutales de valeurs (thermiques, éthiques, esthétiques et autres...) qui, indépendamment de leur relative positivité ou négativité, stupéfient et prennent de court, sinon à contrepied, non seulement des particuliers comme Christophe et moi, mais des classes d'âge toutes entières d'êtres humains par delà les frontières. *"Fair is foul, foul is fair"*...

Et tout cela à dessein ? À quelle fin ? D'autant plus curieux ces caprices grandissants du temps que les contrastes et disparités d'ordre spatial (géographique) tendent plutôt à s'atténuer sous l'action combinée des transports et médias de masse. D'autant plus chaotique le temps que l'espace devient moins accidenté, mieux nivelé, uniformisé ? Une sorte de rééquilibrage automatique entre les deux ? Tout cela pour bien faire comprendre (à Christophe ?) que ce n'est pas seulement l'eau du fleuve qui, suivant le précepte héraclitéen, s'est écoulée *depuis le temps*, mais tout un vocabulaire et tout le vécu afférent, individuel et collectif. L'*on* ne peut se baigner deux fois dans le même flux de *mots*... et d'*émotions*.

*

Cher Christophe,
Que ne t'ai-je écrit plus tôt... D'un interlocuteur perdu j'aurais pu faire au moins un lecteur assidu, peut-être même un correspondant régulier ?...

De fait, ce qui m'aura le plus manqué au cours des récentes décennies fut de n'avoir jamais trouvé personne à qui parler (et a fortiori, écrire) à cœur ouvert, personne à qui livrer le fond de ma pensée sans fard ni grimace, sans réserve ni précaution, avec qui deviser à tort et à travers de questions qu'à tort ou à raison je considère comme essentielles, par exemple le degré de réalité du monde extérieur, le caractère fortuit de tout ce qui arrive, et *last but not least* : la fuite inexorable du temps…

*

Cher Christophe,
"Qu'est-ce que tu penses au fond du temps ?" m'as-tu demandé tout à trac, un jour où nous pêchions côte à côte, en jambières, dans le courant irréversible de l'Yonne…

Le temps qui passe évidemment... « Qu'est-ce que tu penses au fond du temps ? » La question posée par Christophe n'était pas météorologique. Le temps se maintenait au beau fixe depuis pas mal de temps. Mais surtout, le "au fond" dont Christophe lestait sa phrase supposait une réflexion de notre part que la simple météo n'avait pas lieu de susciter. « Qu'est-ce que tu penses au fond du temps ? » revenait à dire : « Qu'est-ce que le temps ? » Ces mots me frappèrent d'autant plus qu'ils faisaient écho à ma préoccupation *du moment*. Télépathie ou non, Christophe mettait ici le doigt sur une question fondamentale qui taraudait ma pensée à cet instant précis, tandis que mon œil vague vagabondait au fil de l'eau pour tenter d'en saisir au vol l'infime éclat de réalité correspondant au temps présent *stricto sensu*. « Qu'en est-il du présent, qu'est-ce donc que le temps ? » En termes plus ou moins variables et articulés, c'est le genre de question susceptible de m'effleurer l'esprit chaque fois que je suis en présence d'un flux liquide, et a fortiori plongé dedans, ce qui, autant que je m'en souvienne, remonte à mon plus jeune âge et peut-être même avant, *in utero*...? Sans doute en est-il de même, à tout moment, chez tout être au monde ? Sous forme infra-verbale, une telle question est à même d'*interpeller* chaque *un* dès l'instant où son cœur, métronome infatigable et complaisant, se met à battre la mesure de l'écoulement sanguin selon le tempo propre à l'espèce humaine - ou plus largement aux espèces animales... Le cours du temps est-il conforme à l'idée qu'on s'en fait ? et aussi constant qu'on le dit ? irréversible comme celui d'un fleuve ? sujet à fluctuations comme celui-ci, à ramifications comme dans certains deltas ? Connaît-il des intermittences, des changements de cours, des tarissements sans recours ? Le tempo que nous imprimons au temps correspond-il à la *bonne mesure*, a-t-il bien la valeur absolue qu'on lui reconnaît implicitement ? Etc... etc... Autant de graves questions qui semblent ne plus intéresser grand monde aujourd'hui, en dehors des pêcheurs à la ligne, et qui ne sont à proprement parler jamais d'actualité à la radio, au cinéma, dans les journaux, etc... Et de fait, tous les gens que j'ai rencontrés par la suite et par ailleurs m'ont semblé et m'ont même affirmé ne rien trouver que de très naturel dans l'écoulement du temps, rien que de très normal et de très régulier dans le cours et tempo de leur vie :

-Que pensez-vous du temps ?

-Pas trop mauvais pour la saison.

-Non pas le temps *qu'il fait*, celui *qui passe* ?

-Quelle question !

Aucun problème de ce côté, voyons : c'est le *cela-va-de-soi* par excellence ; pas question de s'interroger longuement à ce sujet. Il y a mieux à *faire*, tant de choses plus urgentes à prendre en considération, croyez-moi. Où prendrait-on, dites-moi, le temps d'un pareil questionnement ? N'insistons pas…

*

Cher Christophe,

Nous pêchions, cet après-midi-là, côte à côte en un point reculé de la boucle de l'Yonne sous le barrage, souviens-toi... Nous n'avions pas encore pris grand-chose ; le temps était trop beau, trop fixe. Pas un souffle de vent, pas un nuage au-dessus de nos têtes, et pas même un avion ou un oiseau pour secouer au passage le ciel immobile. Une libellule fantomatique croisait au ras de l'eau et en zigzag, remarquable par l'absolu silence de ses évolutions... Seuls repères pour marquer l'écoulement régulier du temps : l'eau du fleuve et le double flux de nos pensées côte-à-côte, mais chacun pour soi...

Ce fut alors - coup de tonnerre dans un ciel serein ! - cette question que Christophe m'a posée tout à trac sans quitter son bouchon des yeux : « Qu'est-ce que tu penses au fond du temps ? ». Autant qu'il m'en souvienne, il aurait ajouté : « Je veux dire... », mais sans rien dire de plus, pensant à juste titre que j'avais compris d'emblée de quel *temps* "il était question" dans son esprit : non pas *le temps qu'il fait*, mais cette réalité bien plus fondamentale, *le temps qui passe*, celui-là même qui, de façon inexorable, menace à court terme nos vacances d'été, et à plus long terme nos vies... « Qu'est-ce que tu penses au fond du temps ? » La déflagration ébranla mes neurones, agita durablement ma matière grise... Il s'ensuivit un grand bouleversement interne qui me laissa sans voix. En guise de réponse, j'esquissai mentalement une dizaine de propositions verbales, plus inadéquates les unes que les autres, tout en examinant mon compagnon du coin de l'œil pour voir si, après tout, il m'avait bien posé pareille question, et s'il attendait vraiment de moi que j'y apporte un semblant de réponse...? Fixant son bouchon de façon tout à fait impassible, lèvres closes et regard tendu, Christophe est resté concentré sur son activité de pêche tout le reste de l'après-midi. De mon côté, la perturbation dré par ses paroles, n'a pas tardé à s'apaiser. Ce fut alors comme si la question n'avait jamais été posée…

*

Cher Christophe,

*La question qu'un jour tu m'as posée en termes crus :
« Qu'est-ce que tu penses au fond du temps…? », j'aurais
dû, j'aurais pu (?) y répondre plus tôt. Mieux vaut tard
que jamais...*

Le problème est qu'elle m'a plongé sur le coup dans un
abîme de réflexions et de perplexités muettes dont je n'ai
émergé qu'une vingtaine d'années plus tard. Je ne suis
guère en mesure d'y répondre aujourd'hui beaucoup plus,
ni beaucoup mieux qu'hier, mais - premier résultat tout de
même -, je commence à comprendre pourquoi la déflagration, le *détonement* induit en moi par cette question
m'a, sur le coup, autant secoué, et pourquoi par la suite, à
chaque fois que je me la suis (re)posée, elle a eu ce même
effet, quoique atténué. C'est tout simplement qu'elle sup-
pose en moi l'existence d'un *fond*, ce qui n'est pas rien !
Elle soulève une trappe dans mon for intérieur et m'oblige à plonger mon regard au fond !... « Qu'est-ce que tu
penses au fond du temps ? » Si au lieu de cela Christophe
m'avait demandé - et sans doute l'a-t-il fait en maintes
occasions - ce qu'au fond je pensais de la Guerre d'Indo-
chine, ou de notre commune copine Mireille, ou d'un film
ou bouquin récent comme "L'Étranger" ou "La Nausée",
l'impact de sa question sur ma matière grise aurait été
tout différent, bien plus superficiel, la déflagration moins
flagrante. « Qu'est-ce que tu penses au fond de ci, de ça,
etc...? » Ce genre de questionnement *courant* met l'accent, non sur le fond d'où surgit la question, mais sur

l'objet concret qu'elle met en cause. Elle oriente aussitôt ma pensée hors de moi-même (c'est-à-dire hors d'elle-même) et l'installe à la surface du monde, dans le champ des réalités tangibles, banales, plus ou moins faciles à considérer. Même une question à première vue moins terre-à-terre comme « Qu'est-ce que tu penses au fond de Dieu ? » me renvoie *sur le champ* à tout un champ de choses concrètes auxquelles il est usuel et séant de se référer : surabondantes iconographie et littérature bibliques ; fastueux apparat ecclésiastique ; omniprésente architecture religieuse. Rien de tel avec le Temps, ou si peu… La question du Temps ne trouvant nul endroit en surface où se poser (ne parlons pas des misérables cadrans qui prétendent afficher le temps qui passe) met l'accent et le doigt automatiquement sur ce fond même qu'elle interroge... « Qu'est-ce que tu penses au fond du temps ? » revenait au fond à me demander : « Qu'est-ce que tu penses *au fond* ? »…, ou de diverses autres façons plus ou moins lapidaires : « Est-ce que tu penses *à fond* ? » ; « Au fond de toi, où en es-tu ? Est-ce que tu penses parfois à ce fond qui constitue le meilleur de toi-même ? », et autres manières tout aussi radicales de s'interroger sur le fond… Ainsi Christophe mettait-il le doigt sur une réalité latente en moi, le for intérieur, que je sacrifiais couramment et si volontiers - encore aujourd'hui - sur l'autel de la sociabilité et de l'amitié, et m'invitait en quelque sorte à ne pas trop le négliger désormais. C'était donc de sa part une validation de ma réalité la plus intime en même temps qu'une exhortation amicale à la vie intérieure - qu'il en soit remercié à jamais !

-Au fond, Lucien, est-ce que tu penses de temps en temps à cette question très essentielle que te pose en permanence - comme à moi d'ailleurs et sans doute à tout un chacun - l'écoulement du temps ? Est-il bien sérieux de ta part de laisser ainsi, jour après jour, filer entre tes doigts ton temps de vie, s'épuiser ton capital-temps en multiples passe-temps, sans t'interroger sur sa nature ? N'est-il pas dangereux à la longue de passer le plus clair de ton temps à éluder inconsidérément (ou délibérément) toute vraie question à son sujet…?

De façon moins prolixe, Christophe mettait donc en lumière ici un manque, une carence essentielle de ma manière d'être, dont je n'avais jusqu'à cet instant retiré qu'un sentiment confus de culpabilité, quoique assez lancinant. Oui, il était grand temps que je m'interrogeasse à fond sur le Temps...

Autres questions de même gabarit : « Qu'est-ce que tu penses au fond du Monde ? de l'Infini ? de l'Être ? »… Le type même de question(s) qu'on évite de (se) poser dans les relations humaines courantes, aussi intimes qu'elles soient, celles-là rendant impossibles celles-ci... Le Temps qui passe est la grande affaire de ma vie, et de toute vie digne de ce nom, mais il est convenu de n'en pas parler et de lui substituer, couramment, l'interrogation sur le temps chronométrique (l'heure qu'il est), ou météorologique (le temps qu'il fait), beaucoup plus anodines et consensuelles... Ce privilège d'être l'interlocuteur privilégié du Temps, ou d'*être* tout simplement - privilège en principe universel, mais dont tout un chacun, par consensus social immémorial, s'abstient de se prévaloir auprès de ses semblables et se garde d'entériner chez autrui... Le fond de soi correspond à ce *quant à soi* que chaque *un*, impliqué dans la vie intersubjective, s'applique à ignorer chez autrui et s'ingénie à occulter au maximum en soi, faute de quoi la vie en société ne serait pas possible. *Modus vivendi*, convention, conversation sont autant de passerelles lancées multilatéralement au-dessus des gouffres individuels où pourrait s'abîmer la réalité du Monde ! Et de fait, personne en dehors de Christophe ne m'a jamais posé pareille question, ne m'a donc reconnu d'autre nature que biologique, d'autre statut que social, d'autre réalité que de façade, de convention. Même en classe de philo autrefois, le prof s'est ingénié à ce que l'interpellation *au fond* ne fût jamais directe, effective, mais restât de pure forme : l'interrogation professorale s'adressant toujours à l'élève Untel et l'invitant, pour toute réponse aux problèmes de fond posés par la pensée humaine (et au premier chef la sienne), à se référer très révérencieusement aux auteurs au programme... Éveil mutuel de différentes pensées à l'origine (?), le débat philosophique depuis Aristote est de plus en plus affaire de *références* réciproques, c'est-à-dire *révérence* (ou irrévérence) vis-à-vis d'un *corpus* de plus en plus volumineux de textes académiques. Autant d'alibis historiques et géographiques pour se dispenser de penser par soi-même au sujet de soi-même, ici-même, à l'instant même…

*

Cher Christophe,

Que de temps passé depuis notre dernier entretien direct, de vive voix - un gouffre temporel que le présent écrit vise à combler...? Ce qui m'aura le plus frappé durant cette première moitié de ma vie c'est l'insatiable curiosité des gens à l'endroit de ce qui se passe (et il s'en passe des choses, des êtres, des évènements...) à la faveur du temps, et leur peu d'intérêt pour le ce-qui-se-passe en tant que tel, à savoir le Temps lui-même...

Il ignorait sans doute comme moi qu'un ouvrage entier avait été consacré à ce délicat sujet au début du siècle, "ÊTRE ET TEMPS", par Martin Heidegger. Des deux, trois incursions clandestines (hors programme) que j'y fis bien après ma philo (en VO comme en version française), j'en retire l'impression que c'est là une approche de la question tout à fait *compréhensive*, sinon compréhensible ; car, pour le commun des lecteurs que nous sommes ou redevenons avec l'âge, ce livre reste, en français tout autant (sinon plus) qu'en allemand, tout à fait hermétique. Je pense au demeurant que la question du Temps est le type même de l'interrogation fondamentale et personnelle, à laquelle nul ne peut répondre à ma place, pas même l'un des plus grands penseurs du siècle ; et à laquelle, nul être digne de ce nom ne devrait se soustraire ici-bas. D'autant qu'*au fond* ce qui importe ici n'est pas tant la réponse qu'on peut y apporter que la réflexion qu'on veut y consacrer, autrement dit le fait que l'on consente à s'y arrêter... quelque temps. N'est-ce pas *au fond* une question de cours, le cours même du Temps ? Une question qu'il revient à chaque être de penser et traiter par soi-même au cours de sa vie, sans copier sur son voisin ?

*

Cher Christophe,
Plus le temps passe, plus je me félicite d'avoir opposé (apposé) le plus complet silence à la question qu'un jour,

alors que nous pêchions infructueusement dans l'Yonne en jambières, côte à côte, tu m'as posée de la façon la plus abrupte et la plus crue qui soit : "Qu'est-ce que tu penses au fond du temps ?" J'ai tout de suite compris qu'il n'était pas question dans ton esprit de simple météo. Le ciel était d'ailleurs d'un bleu imperturbable...

…Le Temps qui passe évidemment. Ceci dit, tout essai de réponse articulée de ma part aurait risqué de déraper dans la formulation toute faite (la phraséologie est toujours prête à nous prêter main forte en ces circonstances), de se perdre en développements métaphysiques oiseux ou aventureux, ou dans la plaisanterie facile et expéditive, et ainsi de dénaturer rétroactivement la question elle-même, au lieu de quoi mon silence obstiné lui a permis de résonner jusqu'à sa dernière vibration, d'exhaler son ultime train d'ondes entre le ciel et l'eau de cet après-midi d'été. En voici le dernier écho... Il est vrai que le temps n'aime pas trop se sentir observé et analysé ici-bas, et qu'il est aussi prompt que le poulpe à lâcher un nuage d'encre pour dissimuler sa fuite !

*

Cher Christophe,
La question « Qu'est-ce que le Temps ? » que tu m'as posée autrefois - en écho à celles des instances académiques ? -, peut-être suis-je enfin en mesure d'y répondre aujourd'hui... ?

...Vous expliquerez et commenterez ce propos d'Aristote concernant le temps : « Le temps est quelque chose qui relève du mouvement ; le temps est le nombre, ou nombré, du mouvement par rapport à l'antérieur et au postérieur »... À vos copies !

En guise d'Introduction, poser le problème du Temps dans sa quotidienneté... Le Temps, question cruciale pour l'être humain, mais la plupart du temps sous formes triviales, abâtardies : "Quelle heure est-il ? Quel temps fait-il ?", etc... Tâcher peut-être aussi de situer d'entrée avec précision le texte d'Aristote dans son contexte : la *Physique* à coup sûr, mais quel livre ? le troisième, quatrième ?

(Remarque facultative : La question du Temps, une question de physique pour ce temps-là, et non pas de métaphysique comme aujourd'hui...?)

Première partie : Définir d'abord ce qu'Aristote entend par *mouvement*... Assez différent de ce que par la suite - et depuis Galilée sans doute ? - l'on désigne par ce mot. Le mouvement pour Aristote, et toute la tradition qui a suivi : plus que le déplacement d'un corps ou d'une partie d'un corps, c'est son changement intrinsèque, en qualité ou quantité, son apparition et sa disparition. Le mouvement est tout ce qui bouge, se manifeste à nous, tout *ce qui (se) passe* en regard de notre vécu. Exemples : un oiseau qui passe est en mouvement, mais aussi bien une couleur qui passe ou se ravive à nos yeux, un aliment qui passe et se métabolise dans notre corps, une idée, une image qui nous passent par la tête, une émotion qui nous passe par le cœur, etc... Autres exemples dans le large éventail des réalités en mouvement : mouvements politiques, religieux, artistiques, mouvements de jeunesse, d'opinion, de population, mouvements (ou *moments*) musicaux, etc... Mettre alors "mouvement" entre guillemets ? ou prendre le risque (!) de lui substituer un autre terme aujourd'hui plus approprié : *évènement*, *phénomène*, *processus*...? Terme sans doute le plus adéquate ici, car le plus générique : le *ce-qui-se-passe*. Mouvement de terrain et mouvement de l'âme relèvent d'une même réalité première, le ce-qui-se-passe. (Au risque de braquer le correcteur, oser cette retraduction : « Le temps est le nombre ou nombré du ce-qui-se-passe » !?)

Deuxième partie : Expliciter (?) ce qu'est ce *nombre*, ou plus exactement ce curieux *nombré*, dont Aristote nous dit qu'il est l'attribut même du temps et la relation de celui-ci avec le mouvement. Le nombré (réalité concrète) résulte, grammaticalement, de la mise en œuvre du nombre (notion abstraite). Le nombré est donc la taille, la dimension, la mesure, ou encore la prise en compte, que nous appliquons à la réalité qui nous entoure, aussi bien celle qui *est* que celle qui *passe*, ou mieux encore (comble de l'audace et summum de justesse dans la traduction de l'ancien vers le moderne) le *score* ! au double sens anglo-français de décompte des points et de partition musicale. D'où ce toilettage complet, mais risqué, de la définition d'Aristote dans sa version française : « Le temps est le *score* du ce-qui-se-passe par rapport à l'antérieur et au postérieur - ou passé et futur »... Audace herméneutique hasardeuse ? Inqualifiable outrecuidance d'un philologue amateur, que ne saurait manquer de sanctionner le correcteur le plus indulgent ? Énoncé qui nous semble en tous cas moins original (*originaire*) aujourd'hui qu'il le fut à l'époque hellénique, et c'est normal... Si le temps le permet, souligner la parenté avérée

95

entre *moment* et *mouvement* dans les langues latines.

   Discussion, commentaires : « Quel est le score à la mi-temps ? » L'Homme, arbitre par excellence de la partie (chef d'orchestre de la partition), au cœur (chœur) de la mêlée plus ou moins confuse, cacophonique et chaotique du ce-qui-se-passe... Les unités de mesure du temps à l'échelle humaine : seconde, heure, journée, année, décennie, etc... Aristote dit par ailleurs, dans son traité (*Physique*), que nous ne percevons l'écoulement du temps que s'il y a changement dans notre pensée, mouvement dans notre âme, et laisse entendre, inversement, qu'il n'est pas de mouvement digne de ce nom sans une âme pour le refléter, le réfléchir, le prendre en compte. La langue anglaise rend magnifiquement cela : *no motion without emotion*... Et réciproquement ? À la mi-temps de l'antérieur et du postérieur, l'Homme est l'être du *maintenant*, soit littéralement celui qui *maintient*, tient en mains les deux bouts distendus de la chaîne du temps (passé-futur), celui qui, par sa présence au présent, tient entre ses mains le sort du temps lui-même et par extension celui de toute réalité... Un petit développement ici, pas trop long quand même, sur la métaphore vivante que représente l'être humain dans sa réalité corporelle : le propre de l'Homme, la main ; l'Homme, animal à mains préhensiles, avec quelques primates, mais le premier d'entre eux par l'aptitude à s'en servir, *i.e.* embrasser le réel, s'en saisir, appréhender et joindre les deux bouts (du monde), aussi bien dans la dimension "physique" (espace gauche et droit, haut et bas, près et loin, amont et aval) que "mentale" (temps passé/temps futur). Notions apparentées de préhension et d'appréhension, d'attention, rétention, protention, tension, stress, pression, instance de l'instant présent, etc, etc... Ceci dit, l'Homme est-il bien l'unique arbitre (*nombreur*) possible du ce-qui-se-passe ? « Le temps est la prise en compte - ou score - du ce-qui-se-passe selon une partition - ou mi-temps - dont le vécu humain individuel et collectif se veut, à tort ou à raison, le juge-arbitre suprême, absolu, exclusif... » Le bon tempo, la bonne mesure, le bon mouvement... La valeur de base de notre *battue* temporelle est le battement de cœur (de l'ordre de la seconde), mais aussi le battement de cils (en gros toutes les dix secondes) ou clignement d'yeux, l'*Augenblick* allemand (= instant). Nous nous croyons les maîtres ou métronomes indiscutés du temps qui passe, les arbitres incontestés du rapide et du lent, de l'accéléré et du ralenti, de l'avant et de l'après. Nous n'envisageons *pas une seconde* que la bonne mesure d'exécution du Réel puisse émaner d'un Chef autre que nous, que le bon tempo du cela-va-de-soi puisse se situer en deçà ou au-delà de celui qui anime nos vécus... De l'*arbitral* à l'*arbitraire*, la distance est-elle si considérable ? Dans un monde où tout est relatif, la prétention à l'arbitrage suprême n'est-elle pas arbitraire en soi…? Nous reconnaissons volontiers le caractèrc arbitrairc dc ccrtains traits de notre *embrasse* spatiale. Nous tenons par exemple nos distinctions courantes entre gauche et droite, haut et bas, nord et sud, amont et aval, etc..., pour tout à fait relatives (à nous), donc arbitraires. Me baignant ou pêchant à la ligne en rivière, je ne perds pas de vue que le point de partage entre amont et aval se déplace avec moi, donc *arbitrairement* au fil de l'eau. "Monter" au nord et "descendre" dans le sud sont pour nous simples façons de parler. Ces distinctions spatiales courantes sont subjectives, ou du moins anthropocentristes et reconnues depuis longtemps comme telles par notre esprit, quoique souvent de mauvais gré. Il arrive même dans nos moments de très grande lucidité (quand la foudre de l'intuition nous arrache un instant à la routine de nos pensers quotidiens), il arrive que nous renoncions à nous considérer comme arbitres absolus du grand et du petit, du micro et du macro, du lointain et du proche... Nous poussons l'ouverture d'esprit jusqu'à accepter, de temps à autre, l'idée qu'un cosmos en bonne et due forme puisse prendre place à l'intérieur d'un grain de poussière, ou que, réciproquement, notre cosmos entier ne soit qu'un grain de poussière au sein d'une réalité immensément plus vaste. Nous avons développé ainsi, depuis Copernic et Kepler, un certain sens de la relativité des choses... spatiales. L'idée qu'il puisse en *être* de même des réalités temporelles nous reste, en revanche, à peu près étrangère. Elle contrevient à nos habitudes paresseuses de pensée. Arbitraire (et non pas *arbitrale*) notre distinction entre le lent et le rapide, le ralenti et l'accéléré, l'amont et l'aval du flux temporel ? Arbitraire notre (ré)partition du temps entre passé, présent, futur ? Arbitraire aussi la durée de base que nous attribuons à l'instant présent ? Arbitraire enfin le tempo que nous imprimons de façon courante - et sans même y penser - à l'interprétation des évènements...? Nous admettons difficilement qu'il y a là de notre part un préjugé, une idée préconçue ... Qu'une macrodurée puisse s'insérer dans ce qui nous paraît être une microdurée, par exemple *au niveau de vie* du gluon, soit le milliardième de seconde, ne nous effleure pas l'esprit un seul instant. Ou si, à la faveur d'une intuition exceptionnelle, cette idée - qui n'est après tout que le pendant logique de celle acceptée plus haut pour l'espace - nous vient à l'esprit, elle a ensuite beaucoup de mal à passer dans les mots et à conserver noir sur blanc un sens quelconque pour nos neurones. C'est une idée que nous ne pouvons échanger entre nous, ni même avec nous-mêmes au-delà du moment fugitif de sa fulguration ! Je reconnais donc peu ou prou la relativité foncière de mes déterminations spatiales, mais non celle de mes déterminations temporelles. (Tâcher ici de faire un peu plus court)... Or, Aristote démontre (?) un peu plus loin dans son Traité, que le temps, comme l'espace, est divisible à l'infini. Curieusement, il s'en prend à Zénon quand celui-ci affirme que tel mouvement tout à la fois *est* et *n'est pas,* que la flèche en plein vol tout à fois se meut et ne se meut pas. Or, que fait d'autre ici l'Éléate sinon tirer les conséquences *pratiques* de ce qu'Aristote énoncera plus d'un siècle après lui à propos de l'infinie divisibilité du temps ? En effet, si le temps est infiniment divisible et si la flèche se meut à une vitesse donnée, par exemple vingt mètres par seconde, il existe nécessairement dans l'échelle du temps (ou spectre des *tempi*) toute une catégorie d'instants (ou valeurs métronomiques de base), par exemple le millionième de seconde, ou moins encore - la photo nous suggère ici le millième de seconde -, où la flèche de Zénon *apparaît* pratiquement immobile (aux yeux d'un virtuel arbitre du temps intervenant à cette échelle), et un instant "i" infiniment petit où elle l'est de manière absolue. À l'autre extrémité du spectre des tempi, par exemple avec une valeur métronomique de base d'un dixième ou centième d'ère (au bas chiffre un million d'années !), notre flèche est trop fugitive à l'œil nu pour être seulement décochée : elle n'a pas le temps de partir qu'elle est arrivée ! À cette même échelle, les soi-disant *mouvements* de terrain, qui *pour l'heure* nous semblent tout à fait immobiles et impassibles, se mettent à réellement bouger. (Tirer parti au maximum des effets spectaculaires de l'accéléré et du ralenti cinématogra-phique ?)... Introduire ici la notion difficile d'*embrasse* temporelle, individuelle et collective (pendant logique de l'embrasse spatiale). À titre indivi-duel, j'embrasse de façon effective tout ce qui se situe temporellement (tout ce qui se passe) en gros entre le dixième de seconde et le dixième de millénaire (ou centennie). L'embrasse collective (celle de l'Humanité) est évidemment plus large, mais se situe dans un même ordre de grandeurs que la mienne, avec pour tempo de base celui de la structure biologique propre au règne animal tout entier. De *notre* point de vue (fondé sur un laps de temps minimum, de prise en compte du *ce-qui-se-passe* de l'ordre du dixième de seconde), la flèche nous apparaît mobile, le soleil immobile, sauf au couchant. (Le mouvement que nous attribuons dans la journée au char du soleil, nous l'inférons indirectement, mentalement, d'observations successives discontinues d'un certain nombre de plans fixes et non pas d'une appréhension visuelle directe et continue de l'astre en mouvement). Question cruciale : se peut-il, comme le suggère Kant, qu'il existe au sein de l'être une embrasse (Kant parle d'*intuition*) qui, par son amplitude, soit très différente de celle, fort limitée, que nous autorise notre nature biolo-gique ? Quoi qu'il en soit, une évidence s'impose à la pensée "critique" : pas de mobilité ni d'immobilité en soi, mais relativement *à* (en regard *d'*) une certaine prise en compte (ou score) du ce-qui-se-passe. Conséquence de la divisibilité du temps : la *prise* peut être infiniment rapide, ou infiniment lente... (Mais attention à ne pas trop développer cette partie-ci, car elle est intellectuellement scabreuse !). Pour illustrer ce qui précède (si le *temps* le permet (!?), tirer une nouvelle fois parti des riches inférences de la métaphore photographique, et notamment du rapport entre le "bougé" sur photo d'un sujet mobile et la vitesse à laquelle il a été *pris* (en compte), *saisi, vécu*... Et s'il me reste encore du temps : une petite digression sur la *mesure*, unité temporelle de la partition musicale (*score* en anglais), et la dénaturation de celle-ci quand le tempo d'exécution en est ou trop lent ou trop rapide... Aristote affirme aussi (et démontre ?) dans ce même traité que le temps est continu. Or, aujourd'hui, la métaphore cinématographique (une discontinuité de plans fixes donnant l'illusion de la continuité mobile) nous suggère fortement le contraire : le temps pourrait bien n'être pas continu, ou ne l'être que de notre point de vue, *en regard* de notre vécu, par un effet de rémanence dans nos esprits entre l'antérieur et le postérieur ? Tout comme la "matière" observée sous le microscope, le temps pourrait bien apparaître discontinu *en regard* d'une optique temporelle adéquate.

Conclusion : Aristotélisme = anthropocentrisme. Une révolution copernicienne est intervenue depuis Aristote en ce qui concerne notre appréhension-compréhension de la réalité spatiale : nous ne sommes plus le centre physique (*mi*lieu) de l'univers, et celui-ci est plein de trous. Nous admettons aujourd'hui (du moins en esprit) la relativité de notre vision naïve du monde (un espace continu) et de notre position dans l'espace (centrale). Cependant, une chose est de reconnaître que sous la réalité macroscopique fourmille une réalité microscopique (et sous celle-ci une submicroscopique, etc...) ; tout autre chose est de concevoir que cette réalité spatiale, à quelque échelle qu'on la perçoive, n'a pas de tempo en soi, absolu, mais que sa vitesse d'exécution, de déroulement, de *réalisation,* peut être infiniment rapide ou lente, selon qu'elle est *sujette* à un vécu (*nombré*) plus ou moins lent ou rapide. Une même révolution *(copernicienne)* est donc à accomplir dans nos esprits en ce qui concerne la dimension temporelle. Aristote et nous tous à sa suite, aussi bien dans notre vécu quotidien que dans nos considérations scientifiques et philosophiques, faisons implicitement, constamment et automatiquement référence à notre vécu humain comme tempo absolu et même exclusif de prise en compte de tout ce qui se passe. Nous nous imposons d'emblée comme arbitre suprême à la mi-temps du temps, sans même prendre conscience de ce qu'une pareille prétention a d'arbitraire. Tout ce qui outrepasse notre échelle de mesure temporelle (aussi bien du côté de l'infiniment bref que du côté de l'infiniment lent) est pour nous nul et non advenu. Ceci dit, Aristote a le grand mérite (!) d'instituer la problématique du Temps dans toute sa clarté et plénitude, de façon insurpassable : le Temps est-il réel ? est-il continu, irréversible…? est-il infini…? par extension, par division…? Pour la première fois en Occident, Aristote fait le tour de la question du temps. (Réponse à suivre)...

*

Cher vieux,

Qui de nous n'a rêvé de pouvoir repasser, trente ou quarante plus tard, des épreuves scolaires ou universitaires plutôt ratées en leur temps. De pouvoir, par exemple, traiter avec le savoir-faire et la maturité acquis avec l'âge, des sujets de dissertation qui, sur le moment, nous ont laissés perplexes ? Je pense évidemment à la question du Temps...

...la question du Temps et le Temps lui-même qui n'a cessé ensuite de s'écouler, comme l'Yonne, depuis le temps (quarante ans !) où Christophe et moi trempions nos deux lignes de canne à pêche côte à côte dans son cours tour à tour impétueux ou majestueux...

*

Salut Christophe,

Je ne t'ai pas écrit plus tôt, pensant te revoir un jour ou l'autre... Mais les jours ont passé, les semaines, les mois, les années, les décennies..., nos deux vies en parallèles mais chacun de son côté, sans qu'une autre occasion nous ait jamais été donnée de nous revoir et pouvoir nous entretenir de vive voix de tout ce qui s'est passé entre temps, soit essentiellement le Temps...

© 2016, Michel André
Edition : BoD - Books on Demand
12/14 rond-point des Champs Elysées, 75008 Paris
Imprimé par Books on Demand GmbH, Norderstedt, Allemagne
ISBN : 9782322038176
Dépôt légal : Janvier 2016